Joséphine Lanesem

Rose des vents

Édition : BoD – Books on Demand, info@bod.fr
Impression : BoD – Books on Demand, In de Tarpen 42, Norderstedt (Allemagne)
Impression à la demande

ISBN : 978-2-3224-8228-3
Dépôt légal : juin 2023

ONO

« Il y a deux frères là-bas, à l'Ouest.

Leur père a disparu. Un matin, il n'était plus. Ses fils se sont mis en chemin pour le retrouver. Ce sont deux frères très différents. L'aîné est bavard et rude, il a besoin d'épreuves pour se sentir vivant. Le cadet est timide et délicat, le passage des nuages suffit à le combler. L'aîné aime les tours, d'où il découvre le monde qui attend sa venue. Le cadet préfère les cloîtres, le charme du minime et de l'anonyme. Chez l'un, les impressions passent aussi vite qu'elles viennent, il faut les renouveler sans cesse. Chez l'autre, elles durent si longtemps qu'elles semblent indélébiles ; s'y trouvent encore les impressions de ses vies antérieures. Il prête attention à ce que le monde imprime en lui, alors que l'aîné ne songe qu'à l'empreinte qu'il laissera sur le monde.

Mais physiquement, c'est du pareil au même. On les croirait jumeaux. Bruns aux yeux verts. Ils se sont battus à tout sujet et de toutes les manières – coups, pièges, injures –, mais ils s'aiment éperdument et se restent fidèles envers et contre tout, surtout contre leur père et même quand ils savent avoir tort. Cependant, à présent, leur père leur manque beaucoup. À la croisée des chemins, ils décident de se séparer pour couvrir plus de pays. Aîné emporte du pain et du vin, de la lumière, une épée et des cordes. Cadet rien que sa tête pleine de rêves. Aîné soupire : "Encore une fois, c'est moi qui vais faire tout le boulot." Il donne tout de même une accolade à son frère et les voilà partis.

Leur père boit plus que de raison. Il se sera égaré, une bande de brigands l'aura laissé roué de coups dans un fourré, ou il se sera attardé dans le lit d'une femme, oubliant ses enfants. Dans un puits, Aîné trouve une de ses jambes et il l'attache à sa ceinture, du côté gauche. Dans l'âtre d'une taverne, il trouve le buste et il l'emporte sur son dos. En traversant la rivière, il ramasse un bras sur le pont et l'autre sur la rive, et les noue à ses propres épaules. Dans un champ, la jambe droite sert d'épouvantail. Il l'emporte comme la précédente, en l'attachant au côté droit. Enfin, la tête se trouve chez une femme, qui en a fait une théière. "Peut-être qu'elle rendrait mieux en vase ?" propose-t-elle. Aîné la décapite et porte la tête de son père sur la sienne.

Quelques semaines sont passées, il revient à la croisée des chemins. Cadet l'attend en sifflotant, assis sur la borne. Il a les mains vides, comme l'aîné les a pleines. Des graines parsèment ses cheveux et s'accrochent à sa veste, son pantalon est vert de s'être frotté au printemps. L'aîné, fier de ses prouesses, dispose sur le sol les membres de son père et reconstitue son corps, qui reste inerte.
"Pourtant, il ne manque aucun morceau, commente-t-il, perplexe.
– Il manque l'âme, rétorque le cadet.
– Je n'y crois pas, à l'âme.
– C'est bien ton problème.
– Eh bien, montre-la-moi.

– Je ne peux pas, ça ne se voit pas. Tu la verras quand notre père vivra."

Pendant qu'Aîné courait le pays, Cadet n'est pas allé bien loin. Il est resté presque sur place. L'âme revient hanter les lieux qui lui sont chers et familiers. Cadet semblait oisif aux gens du voisinage ou de passage, comme s'il se contentait de regarder le ciel, profiter du soleil. En vérité, il était attentif, guettant les bribes d'âme dans la brise, les saisissant avec vivacité et reconstituant l'ensemble bout à bout comme Aîné avait recréé le corps. L'âme se trouvait dans le poli des outils et l'usure des souliers, dans le pin planté par le père du père du père et qui ne mourrait jamais si aucun des fils des fils des fils n'en décidait. Elle était dans l'odeur du mimosa et les reflets du vin. Le chien en avait une part généreuse, qu'il avait défendue griffes et crocs. Cadet avait dû le convaincre de la lui céder en lui promettant, sur la mémoire de sa mère, de ramener son maître en entier et en chair et en os. Mais il avait eu un mal fou à trouver les derniers grammes de l'âme. Une partie s'était réfugiée en lui-même, près de l'oreille, et une autre chez son frère ; il la voit à présent, dans le vert des yeux, miroirs des siens.

Il s'en saisit et insuffle l'âme au complet au corps qui s'anime. Leur père se redresse, s'étire, se frotte les yeux et les salue avec bonne humeur, comme si c'était lui qui leur souhaitait la bienvenue dans la vie. "J'ai soif", dit-il, et il prend la gourde d'eau à la ceinture du cadet. Jamais ses fils ne l'avaient vu boire de l'eau. »

Zéphyr a fini son histoire. Autour de la table, les convives préfèrent ne pas commenter, pas tout de suite. Ils font durer le charme. Nous sommes dans la grotte des vents. Aurore a préparé un dîner familier à ses quatre fils, avec son fameux toucher qui sait métamorphoser les éléments. Borée, l'aîné, le vent du nord et de l'hiver, longue barbe et longs cheveux, se régale de viande crue. Viennent ensuite les cadets, Euros et Notos. Le premier, vent de l'est et de l'automne, mange pain et fromage, avec un air songeur. Le second, vent du sud et de l'été, s'est servi un poisson écarquillé, mais il garde la fourchette levée pour écouter la pluie imprévue et torrentielle qui résonne dans son crâne. Enfin le benjamin, Zéphyr, le vent de l'ouest et du printemps, celui qui vient d'achever l'un des récits qu'il a rapportés de ses voyages, croque maintenant dans un fruit dur et acidulé, à peine mûr, comme il les aime. Un oiseau gazouille et sautille sur ses épaules.

Leur ordre de naissance fait sens. Les dieux ont remonté le temps, de l'hiver au printemps, pour qu'il puisse se dérouler, du printemps à l'hiver. Les vents reviennent une fois par an chez leurs parents, dans la grotte de l'enfance, dont les prolongements ouvrent une autre terre dans la terre, un pays avec ses rivières, ses collines, ses bosquets, ses sentiers, univers comme une autre planète à l'envers de celle-ci, toute d'ombre, de pierre et d'eau. La grotte se situe entre mer et montagne, dans une contrée désertée depuis que les vents, encore enfants, y ont déchaîné la puissance de leurs jeux, tandis qu'une végétation folle, ensemencée par les graines qu'ils amassaient dans leurs virées et malmenée par le corps à corps de leurs luttes, a crevé la roche, envahi les pentes abruptes et tourmenté les cimes.

La nuit est tombée, la table resplendit, entre les bougies, les baies, les bouquets. Crépuscule, leur père, l'a dressée avec son talent pour le spectaculaire. Aurore lui sourit, elle a les lèvres mauves d'avoir embrassé son mari. L'histoire de Zéphyr est une belle entrée en matière, elle célèbre leurs retrouvailles entre frères. On ne sait si elle est vraie ou fausse. Personne ne le demande. C'est une histoire de marin, qui illustre la vie, même si elle ne vient d'aucune.

O

C'est encore au tour de Zéphyr de raconter. Le soleil se trouve dans sa direction. Il a ramené des milliers d'histoires dans les filets infrangibles de l'air. Il se lève un instant, fouille dans ses sacs et les passe en revue. Il les juge à leur fraîcheur, au sursaut sous les doigts, au brillant qui frappe l'œil. La première a plu, mais les convives l'ont déjà oubliée. Il ne voudrait pas que Borée l'emporte comme chaque fois avec ses récits de l'extrême. Il aimerait vaincre avec ses histoires douces et tendres.

En attendant, la conversation a repris et l'appétit. Borée souffle sur un yaourt pour en faire une glace. Euros et Notos discutent de jardinage, de l'art d'arranger les frondaisons et de répandre les parfums. Zéphyr inspire profondément pour trouver l'inspiration et lui revient l'odeur de Flore. Il parlera d'amour. L'amour plaît toujours.

Il regarde ses parents, pense au mystère de leur union, de l'union des contraires. Mais sont-ils contraires ? On pourrait dire, pour faire vite, que Crépuscule est l'opposé d'Aurore : sombre, irascible, taciturne, une ancre dans le cœur plonge son ardeur dans le glacé des mers. Certes, il n'a pas sa patience, mais il n'a pas non plus son insouciance. Toutes les peines du jour pèsent sur ses épaules, et la responsabilité de penser au lendemain, alors qu'elle vient fraîche de l'oubli de la nuit, à peine sortie de l'eau des rêves.

Derrière les apparences, ils se ressemblent : bouleversés pour des riens, surtout les riens qui ont lieu entre eux, avec une fidélité à toute épreuve. L'intensité qu'ils mettent dans la régularité, leurs fils la mettent dans la variation ; et la famille s'est trouvée plus d'une fois au bord de l'explosion. Ces quatre géants, enfantés par un couple aussi mince que l'horizon, se sont vite sentis à l'étroit dans le monde de leurs parents. Eux ne voulaient pas tracer des frontières, mais les franchir.

Zéphyr boit un verre de vin pour prendre de l'assurance et réclame le silence.

« Là-bas, à l'Ouest, la glycine fleurit sur les murs gris d'une jeune fille qui doit se marier. Les prétendants affluent à sa fenêtre. Son père préfère celui-ci, sa mère celui-là. Chacun a un avis sur la question, ses frères et sœurs bien sûr, mais aussi le maire, le facteur, la boulangère, l'institutrice. Dès qu'on la rencontre, on se permet de lui dire : "Tu sais, ce qui compte chez un mari, c'est…" et là, tout y passe : l'argent ou le tempérament, le métier ou la belle allure, l'habileté dans les affaires ou le talent pour élever des enfants. On lui fait la leçon sur ce qui fait un bon père, un bon amant et même une bonne vie. Elle n'écoute personne.

Aux déclarations d'un prétendant, elle répond simplement : "Viens dormir ce soir chez mes parents." À peine s'endort-il qu'elle s'introduit dans la chambre pour effeuiller dans ses cheveux une grappe de glycine. Le matin, quand le prétendant descend prendre son café, elle le sert en se plaçant derrière lui et regarde en passant si les fleurs, entremêlées aux mèches, sont encore fraîches. Jusqu'ici, elles sont toujours flétries. D'un sourire, elle dissimule sa déception et refuse poliment de se fiancer.

Un jour, un homme se présente. Un homme, c'est beaucoup dire, ou c'est dire trop peu. On dirait plutôt un récif. Son buste est incrusté de coquillages et de pierreries, une croûte de sel cerne ses yeux, son pantalon est cousu dans le varech. Un être à la fois resplendissant et repoussant. La nouvelle se répand, les gens viennent voir. "Comment partager sa vie, pire encore son lit, avec ce monstre ?" On lui conseille de le renvoyer aussitôt.

La fille, à son habitude, n'écoute personne. Elle accueille ce prétendant comme les précédents. Même un crabe, elle l'accueillerait. Les apparences ne l'arrêtent pas. Elle sait ce qu'elle cherche : une tête où la glycine ne flétrisse pas. Ses parents ne sont pas ravis par ce nouvel invité, ils ne savent pas comment le loger et finissent par lui proposer de dormir au fond du jardin. La nuit venue, la fille sort pieds nus à la lumière de la lune, les cheveux dénoués sur sa chemise longue. Ombre mauve dans l'obscurité bleue. À la main, la glycine. Elle la dépose parmi les boucles de l'homme, ou les aspérités du récif. Dans la nuit, il est encore plus difficile de savoir s'il est l'un ou l'autre.

Au matin, elle revient, bien chaussée et emmitouflée, les cheveux relevés en chignon, avec un café et des biscuits sur un plateau. Elle le sert comme les autres, mais cette fois à la table de la terrasse. La glycine n'a rien perdu de son éclat, encore plus fraîche que la veille, à peine éclose sous la rosée. Son parfum embaume le coin de jardin où ils sont réunis. Elle s'assied face à lui et pour la première fois se verse une tasse, pioche parmi les biscuits, partage le petit-déjeuner d'un prétendant.

"Je crois que tu es le bon.

– Je le crois aussi."

Mais les parents n'acceptent pas de céder leur fille à l'homme-récif. Il crispe ses épaules et la terre tremble. Il fronce les sourcils et les oiseaux s'abattent sur les récoltes. Il ouvre la bouche pour protester et déjà le fleuve s'épanche dans les rues. Les parents poussent leur fille sur le seuil et ferment la porte derrière elle. Ils ne veulent plus en entendre parler.

L'homme l'emmène vivre au bord de la mer, sur la plage à laquelle il appartient, où la brume est son chien de garde et les grottes ses moutons. Cet étrange berger la traite avec beaucoup de bonté, mais sans livrer ses pensées, et la terreur qu'il fait régner autour de lui la tourmente. Il ne cesse de mener des tempêtes contre les rivages voisins et de précipiter des navires vers le naufrage. Il semble en colère contre l'univers entier. Elle lui demande pourquoi. Il ne sait pas. C'est la faute de l'univers, pas la sienne. C'est l'univers qui va mal, pas lui. Pendant ce temps, la glycine continue de grandir, fleurir et parfumer leur tête-à-tête. La femme se demande comment on peut allier ainsi la brusquerie à la délicatesse, la bienveillance au ravage. Elle voudrait le guérir de cette colère qui gronde même dans son sommeil : elle l'entend la nuit faire rage contre ses côtes.

Un matin, elle le trouve échoué sur la plage. Blessé lors d'une bataille, il est revenu mourir près d'elle. Elle pose sa tête sur ses genoux. La glycine a poussé au point de devenir une chevelure qui lui couvre le visage. Elle l'écarte, puis inspecte l'entaille en travers de son ventre. Il s'en échappe du sable. Plein de sable. Elle y plonge les mains et en sort à poignées. Le sable brûle comme au midi de l'été, bientôt elle ne sent plus ses doigts, ses paumes, mais elle continue de déblayer la plaie. Les jours passent sans qu'elle s'en rende compte, trop absorbée par sa tâche. Le sable qu'elle enlève s'entasse et s'étale autour d'eux. Il devient une nouvelle plage, une péninsule qui se détache, une île. Enfin, il n'y a plus que quelques grains, qu'elle retire un à un. La blessure refermée, elle va rafraîchir ses mains dans la mer. L'homme se réveille et vient la rejoindre. Il reste derrière elle. Ses yeux que n'aveugle plus le sel, ses yeux humains regardent avec elle le lointain. »

OSO

« De belles histoires, mon frère, je le reconnais, peut-être même trop belles ? Tu habites des pays trop gracieux pour être vraisemblables. » Zéphyr tressaille. L'oiseau sur son épaule, effrayé de ce sursaut, se réfugie dans les replis de la grotte. Borée fixe son frère de ses yeux clairs, cristallins, scintillants, puis il baisse le regard vers l'alcool d'herbes qu'il serre entre ses mains que rien ne peut réchauffer. Le sang perle à ses lèvres gercées qui essayent un sourire.

« Ne le prends pas mal, mais je n'y crois pas, à tes contrées enchantées. Rien ne va mal, là-bas ?

– Si, si, il y a de la souffrance aussi, de la peine, je l'ai dit.

– Mais des histoires qui finissent mal ?

– Oui, il y en a.

– Racontes-en une. J'aimerais savoir comment va le malheur de ton côté du monde.

– Comme du tien.

– Pas sûr. Raconte voir.

– Je ne peux pas.

– Et pourquoi ?

– Je ne m'en souviens pas.

– Le malheur, tu l'oublies ?

– Oui.

– C'est facile, comme ça… Moi, c'est la seule chose qui me reste en mémoire.

– Avant de revenir, je trie mes histoires, je laisse les tristes, je garde celles qui font du bien.

– Ça explique beaucoup de choses.

– Comme quoi ?

– Que tu sois le plus simple d'entre nous.

– Borée ! »

La voix grave de Crépuscule ajoute de la nuit à la nuit. Les étoiles s'éloignent, la lune se creuse. Ses fils revivent un instant la terreur de l'enfance, lorsque la colère de leur père épaississait l'obscurité au point qu'ils pouvaient presque la toucher. Aurore pose la main sur le bras de son mari, et voici que la lune s'arrondit, les étoiles se rapprochent, l'on respire de nouveau. Borée soupire :

« Il n'est pas en sucre, votre petit. C'est un vent comme nous autres. Puissant, impétueux. Il fait plier un quart de la planète sous sa volonté. S'il ne peut pas supporter une critique…

– Laisse-le raconter ce qu'il veut, intervient Notos qui crache dans son poing le noyau d'une datte séchée. Ton tour viendra et tu pourras nous raconter toutes les tortures et les lamentations du Nord.

– Je n'y manquerai pas. »

Euros fouille dans ses poches et trouve quelques feuilles à mâcher. Il en a de toutes sortes qui lui procurent de la détente, de l'euphorie, de la lucidité ou des rêves éveillés. Notos l'aperçoit et arrête sa main, en chuchotant : « Pas tout de suite, essaye d'être attentif, tu ne peux pas t'échapper à la moindre contrariété. »

Zéphyr cherche le regard de sa mère pour reprendre confiance. Borée remarque le geste et lève les yeux au ciel. Il ouvre déjà la bouche pour se moquer, quand il reçoit le pied de Notos dans le tibia. Tout en nerfs et en os, ce Notos, mais il sait se battre et parler franc ; Borée le respecte davantage que Zéphyr qui revient avec des brassées de fleurs comme s'il courtisait leur mère. Bref, il se renverse sur sa chaise, décidé à savourer son verre sans plus se soucier de leurs simagrées.

« Zéphyr, raconte-nous ta plus belle histoire », conclut Aurore, avec sa voix nette et claire qui fait tout oublier et recommencer. Les mains de Zéphyr tremblent, mais pas sa voix.

« Là-bas, à l'Ouest, les vergers donnent des fruits dont vous n'avez pas idée. Ils ont encore le velouté des fleurs dont ils sont nés. Selon l'époque, ce sont des poires, des noix, des pommes, ou des prunes, des cerises et des pêches. Les pêches les plus fondantes et parfumées se trouvent dans le jardin d'un roi. Je vais souvent en dérober une ou deux au printemps. Le jardinier les récolte alors dans de grands paniers en osier et les entrepose chez lui avant de les porter au palais avec les autres fruits.

Un soir, une grande envie de pêches envahit sa femme après le dîner. Elle est enceinte. Son mari est déjà couché. Elle en prend une, deux, trois, une dizaine, plus, elle ne compte pas. Pendant la nuit, elle donne le jour à une fille. Elle la nomme Pêche, évidemment. D'ailleurs, la petite a les joues roses et rondes comme des pêches, et le lendemain matin, le jardinier comprend pourquoi. Pris de panique devant le panier à moitié vide, il glisse sa fille à la place des pêches manquantes et la recouvre de celles qui restent. Le panier a l'air plein et il a le bon poids.

Ainsi, Pêche est introduite dans la maison du roi. La cuisinière la découvre en rangeant les fruits dans la réserve. Dès que l'enfant sait tenir une cuillère, elle lui montre comment monter la crème et dès qu'elle sait tenir sur deux jambes, elle l'envoie chercher les herbes. Là, au-dehors, elle rencontre ses premières amies, les fourmis, les abeilles, les vaches, les poules, et s'attarde en leur compagnie. « Pêche, la ciboulette, c'est urgent ! » la reprend la cuisinière. Le temps passant, Pêche surpasse les autres assistantes et sa maîtresse. Le roi remarque ses prouesses et lui demande des mets de plus en plus complexes. Devenue jeune fille, elle est prise entre les exigences de son seigneur, qui souhaite rivaliser de richesse et de raffinement avec ses voisins, et le ressentiment des serviteurs qui lui reprochent ses succès comme une trahison, y compris la cuisinière, qui ne pensait pas être remplacée de sitôt.

Pour échapper à la vie de cour et de couloir, aux commérages et aux conspirations, à ces hiérarchies qui la broient en prétendant l'élever, elle va se reposer dans un pêcher. C'est lui qui a donné les pêches que sa mère a mangées avant sa naissance. Les branches l'enveloppent comme un berceau. Personne ne l'aperçoit, si ce n'est le jardinier. Il ne lui reproche jamais de paresser ou d'abîmer l'écorce. Parfois, sa femme vient s'assoir dans l'ombre du feuillage et elles se mettent à discuter. Mais Pêche préfère être seule pour réfléchir et rêver. Suspendue dans le ciel, elle se laisse traverser par les nuages. La terre disparaît, lointaine senteur d'herbe, vague rumeur de voix.

On a chuchoté au roi qu'elle se vantait d'avoir tout pouvoir sur lui. "Elle prétend, mon seigneur, qu'elle n'est pas seulement votre cuisinière, mais votre conseillère. Elle raconte que lorsqu'on a le ventre d'un homme, on a sa tête." Le roi décide de lui montrer qui commande en lui demandant l'impossible.

"Tu me prépareras un sablé, dit-il à Pêche. Mais pas n'importe lequel. Il me rappellera mon enfance. Il m'apportera toutes les sensations que j'ai oubliées : la lumière, les bruits, les voix de cette époque-là. J'y sentirai le corps de l'enfance et l'espace autour de ce corps. Je retrouverai la première joie, la première peur, ceux que j'aimais alors. Le passé sera présent, autant que cet instant que nous partageons. Avec ce sablé, je veux que tu me donnes la réalité du passé, que tu me prouves que le passé est une réalité, alors qu'il n'en reste plus rien."

Vous aurez remarqué que le roi est philosophe à ses heures. Pêche n'est même pas sûre de le comprendre et elle n'a aucune idée de comment fabriquer un tel sablé. Elle monte dans le pêcher, réfléchit, réfléchit, commence à pleurer, très doucement, sans un bruit. J'agite le feuillage pour donner la parole à l'arbre. Il chuchote : "Demande de l'aide à tes amies d'enfance."

"Mes amies d'enfance ? Mais je n'ai eu aucune amie, pense Pêche. J'étais la seule enfant dans le palais, à part le fils du roi, mais quel nigaud, celui-là ! Il ne sait rien faire de ses mains ni de sa tête, d'ailleurs." Puis, elle se rappelle.

"Fourmis, belles fourmis, souvenez-vous de toutes les miettes que je vous laisse et de nos cache-

cache dans le labyrinthe des jardins. Allez me chercher une farine dorée et croustillante comme la croissance."

"Abeilles, belles abeilles, souvenez-vous de nos attaques contre les voleurs et de nos chasses aux fleurs. Prenez le suc des crocus qui poussent à la cime des montagnes. Préparez-moi le miel de l'éternel."

"Vaches, belles vaches, souvenez-vous de mes caresses, de ma chaleur, de nos colères. Vous êtes lourdes de peine, on vous a retiré vos petits. Donnez-moi le lait du manque, j'en ferai un beurre de nostalgie."

"Poules, belles poules, il me faut un œuf. En souvenir de nos bavardages dans la cour, de toutes les matinées à partager nos tâches, chères collègues, donnez-moi un œuf aussi rond qu'une bille, avec rien que du jaune, un œuf comme un soleil, l'œuf de la plénitude."

À ses pieds, une légion de fourmis apporte un sachet de farine fraîche et soyeuse sous la paume. Sur le rebord de la fenêtre, quatre abeilles déposent un flacon de miel liquide, ambré et immobile, qu'elle goûte du bout du doigt – et ses yeux s'écarquillent – avant de le mélanger dans une jatte avec l'œuf jaune à éclater qu'une poule est venue pondre dans le foyer, puis le beurre, presque aussi jaune que l'œuf, qu'elle a tiré du lait d'une vache aux yeux comme deux larmes.

Elle ajoute la farine avec une pincée de sel, travaille longtemps la pâte, l'enveloppe d'un chiffon et la laisse reposer tandis qu'elle range. Puis elle l'étale, la découpe en rondelles et l'enfourne à plein feu. Vingt minutes plus tard, les sablés sont servis au roi, après avoir traversé un dédale de couloirs et d'escaliers où ils ont eu le temps de refroidir. Il en goûte un et en reste bouleversé. Il se tient à la table pour ne pas tomber. "Zut, pense Pêche. Peut-être qu'il va mourir et l'on va me pendre pour l'avoir tué. Quelle idée aussi de revivre son enfance ! L'enfance est faite pour qu'on la fuie, à toutes jambes, sans regard en arrière. C'est pour ça qu'elle laisse si peu de souvenirs."

Mais le roi s'est repris. Il semble comblé. "Merci, Pêche. Dis-moi ce que tu souhaites. Je te donnerai ce que tu veux, ce palais, mon royaume, mon fils, mes trésors ou mes titres. Tu m'as donné ce que je cherchais depuis longtemps, depuis toujours sans doute. Et toi, que désires-tu ?"

Pêche pense au palais, au royaume, au fils, aux trésors et aux titres et un grand vide l'envahit, un vide aussi grand que l'envie qui l'entoure, un vertige d'insignifiance. Puis elle pense au pêcher.

"Je voudrais un pêcher dans votre jardin.

– Comment ça ? Tu veux le déraciner et l'emporter avec toi ?

– Non, non, je le veux là où il est.

– Très bien. Ce sera ton territoire. Tu en seras la reine.

– C'est plutôt lui qui sera mon roi." »

SO

Le silence laisse entendre à Zéphyr la profonde impression qu'ont faite ses paroles. Oubliées les provocations de Borée, il a toutes les chances de gagner. Avec assurance, il choisit dans son sac une histoire délicate, qui palpite comme un papillon pris au piège. La dernière : le printemps s'achève, la nuit vient, il faudra bientôt céder la place à Notos.

« Là-bas, à l'Ouest, un garçon répare le volet de la maison. Il a perdu sa sœur il y a quelques jours, d'une maladie féroce qui la secouait de frissons. Ses parents pleurent, lui ne verse pas une larme, mais il garde le mouchoir de sa sœur dans sa poche. Il le retire pour essuyer la sueur à son front et le mouchoir lui échappe, emporté par une bourrasque. Il descend de l'échelle et s'empresse de le poursuivre. Dès qu'il arrive à son niveau et se penche pour le prendre, le mouchoir se déploie et le distancie, le faisant presque trébucher sur ses propres pas.

Le garçon court derrière, dans les champs, les villages, les bois, de nouveau dans les champs. Il ne regarde pas le monde qu'il traverse ni les gens qui le hèlent, il n'a d'yeux que pour les plis et déplis du signe blanc contre un fond de cailloux, galets, pavés ou blé, boule qui s'enroule et se déroule, grimpant et dévalant les pentes avec facilité, caresse de lumière sur la terre.

Épuisé, il s'arrête à une fontaine, se désaltère et appuie sa tête contre le mur. Au diable le mouchoir.

Il n'a aucune importance. Rien n'a d'importance. Ni lui, ni sa sœur, ni la vie. Tout cela n'est rien, puisque tout se réduit à rien à la fin. Une mouche volète devant son visage, tourmentant la plaie de son cœur. Il essaye de l'écraser entre ses mains, en vain. Alors il entend la voix de sa sœur.

"Tu ne veux plus jouer ?" Il sursaute et se retourne. Le mouchoir est là, devant lui. Il danse au milieu de la route, dans un tourbillon de soleil et de poussière. Le garçon se précipite, mais le vent est plus rapide. Déjà le mouchoir est parti et il doit le poursuivre. Il court des jours et des jours. Il n'a plus de chaussures, il en demande de nouvelles.

"Et que me donneras-tu en échange ?" lui répond le cordonnier. "Je sais réparer. Vous avez quelque chose à réparer ? – Le toit fuit." Le garçon monte refaire le toit. Le mouchoir danse autour de lui. Il lui tient compagnie. En se reposant, le garçon le suit des yeux. Il commence à regarder aux alentours, le monde déroulé à ses pieds, les collines douces, le ruisseau paisible.

Tandis qu'il descend de l'échelle, le mouchoir se froisse et défroisse près de son oreille ; il essaye de l'attraper par surprise, d'un geste brusque, mais tombe sur les fesses et le mouchoir s'éloigne sans l'attendre. "Tu triches," siffle-t-il. Le garçon enfile ses chaussures. Le cordonnier n'a pas le temps de dire merci, déjà il est parti. Il court des jours et des jours. Avec ses nouvelles semelles, il va si vite qu'il peut dépasser le mouchoir, mais sans parvenir à le saisir, et il joue avec lui à qui courra le plus loin, le plus longtemps. Sa tête vibre entre ses tempes. La sueur trempe sa chemise. Ses genoux flanchent. C'est la soif.

Il rencontre une vieille femme et lui demande de l'eau. "Et que me donneras-tu en échange ?" lui répond-elle. "Je sais réparer. Avez-vous quelque chose à réparer ?" La femme lui montre une cruche fracassée, le garçon la reconstitue et la recolle avec l'or de la poussière fondue avec le soleil. Pendant qu'il travaille, le mouchoir se pose sur ses cheveux, pour le protéger de la chaleur. De nouveau, il essaye de l'attraper, mais le mouchoir s'échappe. Le rire de sa sœur résonne. Il relève la tête et la cherche des yeux.

Mais ne voit que la vieille femme, ses yeux bleus comme l'ombre sur la neige. Elle reçoit la cruche avec un sourire si large qu'il comprend qu'il n'a pas réparé qu'une cruche. Elle serre longtemps ses mains entre les siennes, puis lui donne une gourde en peau à l'embout de corne : "Tiens, cette gourde-là ne se désemplit pas, tu ne souffriras plus jamais de la soif."

L'eau ne lui a jamais paru aussi fraîche et fluide. C'est la substance dont est faite l'espérance. Il la remercie et se lance à la poursuite du mouchoir qui disparaît à l'horizon. Il court des jours et des jours. Il ne sait plus pourquoi il court. Il ne s'agit plus d'attraper le mouchoir, mais de le suivre, pour découvrir le monde et rencontrer les gens, pour penser de manière plus déliée et rapide, ou pour penser moins, être rien que son souffle et son sang.

Quand il trébuche, une, deux fois, puis s'écroule. Il est pris d'une quinte de toux, parcouru de frissons, immobilisé par une crampe. C'est la maladie de sa sœur. Il se traîne jusqu'à la première maison, frappe à la porte, mais personne n'ouvre, et il s'affale sur les marches du seuil. Le mouchoir caresse son visage, essuie ses lèvres. Le garçon le prend d'un geste très lent. Il a le mouchoir dans sa main, taché de sang. "Alors c'est mon tour, dit-il.

– Non, lui répond sa sœur. Toi, tu survivras.

– Mais tu ne reviendras pas.

– Je ne suis pas partie si loin que ça."

Le mouchoir ne bouge plus. Le vent s'est arrêté. Le garçon le fourre dans sa poche. La porte s'ouvre, un vieil homme l'attrape par les épaules et le tire jusqu'au foyer devant lequel il lui prépare un lit de fortune.

"Je peux te soigner, mais que me donneras-tu en échange ?" Le garçon sourit de ses lèvres pâles, dont tout le sang s'est retiré, et d'une voix très douce, une voix où il entend celle de sa sœur : "Je sais réparer. Avez-vous quelque chose à réparer ?" »

SSO

« Là-bas, au Sud, vit une moitié d'homme. À sa naissance, sa mère, accouchant dans la plus cruelle misère, a décidé d'en vendre la moitié pour que l'autre survive. Elle a découpé son bébé par le milieu, avec de grands ciseaux, le long de la ligne qui partage symétriquement le corps. Gardant le côté droit, elle a porté le gauche au marché, où l'on s'est disputé ce petit bout comme un porte-bonheur.

Le découpé a grandi comme il a pu, avec son unique pied, son unique main et son demi-sourire. Il essaye de vivre comme tout le monde, même s'il doit faire le double pour paraître normal. On se moque de son allure – son unique jambe de pantalon, son unique manche de chemise et son demi-chapeau –, ou de ses crises quand il s'effondre soudain en se recroquevillant sur sa part manquante. On rit aussi pour conjurer la crainte devant ce profil sans face. Mais il a un talent : il sait couper, coudre et tisser mieux que quiconque, séparer et réunir les fils et les pans. On va chez lui commander son linge et ses habits, des plus nobles aux plus humbles. Sa boutique ne désemplit pas de clients et d'apprentis, il s'enrichit et sa mère ne doit plus craindre la misère.

La nuit, dans sa chambre, il prépare en secret un tapis flottant. Quand il l'a achevé, il va au bord du fleuve, le déroule, vérifie qu'il flotte, s'assoit dessus, et le courant l'emporte plus loin qu'il n'a jamais été. Il est parti à l'aube ; passent la journée, une nuit, un jour encore, jusqu'à ce que le tapis se prenne dans les branches d'un arbre, tournoie sur lui-même et échoue sur le rivage.

Le découpé s'extrait de ses plis. Il dégourdit son pied en sautillant, puis se met en route. Il arrive aux parages d'une ville et se place à sa porte, assis sur la borne avec son unique fesse, se découpant sur les murailles comme une ombre de chair et d'os. Aux passants, il demande s'ils ont entendu parler d'une autre moitié d'homme. Mais il est bien le premier que l'on rencontre dans cet état. Personne n'a jamais rien connu d'équivalent, de près ou de loin.

Par contre, les gens racontent d'autres histoires. Par exemple, ils racontent qu'une princesse habite la ville et qu'elle souffre d'insomnies. Un médecin lui a prédit qu'elle ne parviendrait à dormir que si elle s'enveloppait d'un châle aussi profond que la nuit étoilée. Le découpé décide de lui venir en aide. La nuit, il regarde le même ciel que la jeune fille et le reproduit avec minutie, étoile par étoile et poudre d'étoile, avec toutes les variations du noir qui en rendent la profondeur.

Il demande à un marchand de sa connaissance de le porter au palais. "Moi, avec mon air incomplet, j'ai l'air suspect, ils ne me laisseront jamais entrer." À peine la princesse l'enroule-t-elle autour de ses épaules qu'elle s'effondre. On la croit évanouie, elle n'est que tombée dans le sommeil. En récompense, elle ouvre ses coffres au marchand, lui propose de l'or et des pierreries, quantité de pièces à l'effigie de son père – profil sans face. Le marchand rapporte ses paroles au découpé qui refuse ses présents. Lui veut autre chose : qu'elle demande à ses informateurs à travers le pays, aux rois et reines voisins et à leurs informateurs, à toutes les administrations de tous les continents connus : quelqu'un aurait-il vu une moitié d'homme ?

Les mois passent, les missives parcourent la planète. Je gonfle les voiles des navires, curieux moi aussi des réponses qu'ils apportent. Mais personne n'a rien vu, rien de rien. Il est le seul être réduit à sa moitié. Pour oublier, il va boire dans une taverne de la ville avec son ami le marchand. Ils boivent tant qu'ils ne tiennent plus debout et décident de dormir sur place, mais au lieu de prendre l'escalier montant vers les chambres, le découpé prend celui descendant vers la cave. Il trébuche à la dernière marche et roule au fond de l'ombre jusqu'à son autre moitié, accroupie dans un coin, en train de trier des lentilles.
"Je t'ai cherché dans le monde entier.

– Tu as demandé qu'on cherche pour toi. Et qui pouvait me trouver si ce n'est toi ?

– Et toi, tu savais que j'étais là ?

– Oui.

– Et tu ne voulais pas me retrouver ?

– Non, je préfère qu'on reste séparés.

– Pourquoi ?"

Le découpé s'approche et sa moitié s'éloigne d'autant. Maigre, marqué, l'œil mort. À sa main, il manque un doigt et sa jambe recroquevillée semble n'avoir jamais marché. Le découpé a honte de sa joue pleine encore de sa prospérité passée, de son œil vif et attentif, de son pied qui a éprouvé les routes et les ruisseaux. Sa moitié a honte aussi, honte de sa misère comme si elle la méritait.

"Voilà, dit-elle, ta curiosité est satisfaite, va-t'en maintenant.

– Qui t'a réduit en esclavage ? Avec moi, tu seras libre, tu vivras sous le ciel, sur la terre.

– Avec toi je serai toi, avec toi je serai plus esclave qu'ici et que partout ailleurs, je ne serai plus moi.

– Tu as si peur de la liberté ?"

Sa moitié hausse les épaules.

"Ça ne veut rien dire, la liberté, ce n'est qu'une idée. Mais ta chair et la mienne – il le saisit par le bras, ce bras qui lui manque – ce sont des choses qu'on peut toucher, des choses réelles, des choses qui souffrent, et j'ai assez souffert."

Le découpé s'assoit à côté de sa moitié, le dos contre le mur. Ils forment presque un corps entier. Entre eux persiste un mince espace d'ombre blanche, pan de chaux dans l'obscurité. À la fois soulagé et découragé, le découpé s'endort. Il rêve de fils, d'entrelacs, d'arabesques, et se réveille au milieu de la nuit. Son double dort encore. Il profite de son sommeil pour se recoudre à lui, y mettant toute la douceur de son doigté, afin qu'il ne ressente pas la moindre douleur, suivant soigneusement la ligne du profil. Au matin, le travail est fini. Il sort, ou ils sortent. Cela prend un peu de temps. Ils cherchent leur équilibre, entre la force, l'audace de l'un et la faiblesse, la réserve de l'autre. La ville commence à s'animer, les gens le regardent boiter.

"Ce ne serait pas le découpé qui a retrouvé sa moitié ?

– Peut-être qu'il était mieux sans. Il a l'air plus défiguré qu'avant.

– On doit juste s'habituer. On s'était fait à sa demi-silhouette."

La princesse entend les rumeurs et demande à le voir.

"Dis-moi, as-tu gardé ton talent ? Sais-tu encore tisser maintenant que tu es entier ?

– Je ne sais pas, je n'y ai pas pensé. Donnez-moi quelque ouvrage.

– Je voudrais un châle comme la mer, dont les plis rendraient le flux et le reflux des vagues."

L'homme ferme les yeux et se souvient de la mer. Il l'a vue il y a des années. Plus précisément, la moitié aveugle l'a vue, avant d'être enfermée, quand enfant on l'a chargée et déchargée d'un bateau à l'autre comme une marchandise. L'autre n'a qu'une vague idée de ce que c'est. Ils se mettent au travail. Leur geste est une houle. L'un confie ses souvenirs, l'autre sait les recevoir. Leurs mains alternent brûlure et fraîcheur, battement de la rame et battement de la vague, elles nouent serrés l'ivresse et la terreur, l'élan à la profondeur. Loin d'avoir perdu son talent, l'homme n'a jamais tissé un châle aussi fin, souple, soyeux, plus hypnotisant que la mer elle-même et bruissant tout comme elle.

Il l'offre à la princesse qui l'enroule autour de ses épaules à lui, et il se sent réconcilié, accordé dans ses gestes, sa voix, son pas. Elle est toute proche, il voudrait l'embrasser, mais se retient : "Je dois dire à ma mère que j'ai retrouvé mon autre moitié. Ça lui faisait tellement de peine de l'avoir perdue. J'y vais et je reviens. Avant de m'établir ici, je dois régler ça là-bas."

Enfin, il peut monter un cheval sans glisser sur son flanc. Il remonte ainsi le fleuve qu'il avait descendu en tapis. La route est plus longue, moins fraîche. Il commence à se sentir mal. Ses entrailles le tiraillent, une migraine scinde son crâne, un muscle se déchire entre ses épaules, puis le long de son dos. Il se courbe sur sa monture, se tient fermement à l'encolure. Le cheval presse le pas, mais plus il se rapproche, plus les deux moitiés se séparent, finissant par glisser chacune de leur côté, réduites au sol à deux serpents qui se cherchent, se trouvent, s'enlacent et s'étranglent dans la poussière. Le cheval galope seul. On entend ses sabots sur la pierre, puis le sable. »

Notos raconte face à la mer étoilée, sur la terrasse où ils sont allés après le dîner. Il fait signe à Euros de lui rouler une cigarette. Zéphyr tousse, gêné par l'histoire autant que par la fumée. Les yeux de Borée brillent dans l'obscurité et sans voir ses lèvres on sait qu'il sourit.

S

Notos achève sa cigarette. Il s'étire et les arbres frissonnent. Il tousse et les grillons se taisent. Il roule sa langue dans sa bouche sèche, à la recherche d'une histoire, quelque chose qui lui ferait passer l'amertume du soir. C'est le plus taciturne d'entre les vents, le plus secret et le plus âpre. Chaque parole écorche ses lèvres comme il écorche les pays qu'il traverse, par ses bourrasques de sable et ses volées de pierres.

« Là-bas, au Sud, vit une toute petite fille, du nom de Mia. Elle est née avec un chat sur la tête. Le chat n'est pas sorti du ventre de la mère, il est venu se blottir dans son berceau, au-dessus de sa tête, dès qu'on l'a laissée seule. On ne sait pas d'où il vient, mais on le laisse faire, il ne lui fait pas de mal, il semble monter la garde.

Mia grandit. Son frère la frappe dès que leurs parents ont le dos tourné. Elle se plaint auprès d'eux ; son père répond : "Tu dois apprendre à te défendre", et sa mère : "Tu le mérites peut-être." Mia retient ses larmes et sa vue devient floue. Le frère, lassé de battre sa sœur, décide de s'attaquer à ce qu'elle a de plus sensible : son chat. Il prépare le four comme pour cuire le pain et attrape l'animal dans un sac quand il bondit du toit. Mais le chat se débat, lacère le sac et griffe le frère, au visage et sur les bras.

Le frère pleure, sans réussir à éponger le sang, et Mia chasse le chat : "Méchant, méchant, lui dit-elle, je ne veux pas être méchante, je ne veux blesser personne." Mais elle se retrouve seule. Le chat était son unique ami. Ils jouaient ensemble, à la course et à cache-cache, à l'escalade et aux cabanes. Toute seule, Mia ne sait plus quoi faire. Elle retient de nouvelles larmes et sa vue devient encore plus floue, quand le chat revient un matin sourire face à son bol de lait et le partager avec elle.

Le temps passe. Mia va à l'école. Avec son regard flouté que personne n'a remarqué, elle ne parvient pas à lire, écrire, ni compter, elle trébuche entre les tables, renverse l'encre et oublie ses cahiers. La maîtresse s'amuse de sa maladresse. Régulièrement, elle lui demande de monter sur l'estrade, déchiffrer quelques lettres, additionner deux chiffres et, devant son incapacité, souligne son retard vis-à-vis de ses camarades, jusqu'à lui diagnostiquer un déficit mental. Mia retient de nouvelles larmes et voit de moins en moins.

Le chat s'aperçoit de sa tristesse. Pour l'aider, il l'accompagne à l'école, aller et retour. Un jour, il s'introduit dans l'établissement et se tient aux aguets en haut des escaliers. Quand la maîtresse s'apprête à les descendre, il s'élance entre ses jambes, la faisant rouler jusqu'en bas des marches. Elle se retrouve toute cassée et hurle comme jamais Mia ne l'a entendue hurler – et pourtant cette maîtresse sait crier mieux que parler.

Mia chasse le chat : "Méchant, méchant, lui dit-elle, je ne veux pas être méchante, je ne veux blesser personne." Mais, de nouveau, elle se retrouve seule. Au chat, elle racontait ses journées d'ennui et de terreur, et il en inventait d'autres, d'aventure et de confiance, où elle était aussi courageuse qu'une héroïne de légendes, et ils jouaient à ce que ce soit vrai et, presque, cela le devenait. Toute seule, elle ne sait plus à quoi penser quand, un soir, le chat vient manger les restes qu'elle jette aux oiseaux (et un oiseau avec) ; il se frotte à ses jambes et suit ses pas comme autrefois.

Le temps passe. Elle aide sa mère à tenir la maison : laver, ranger, cuisiner, jardiner, vendre ceci ou acheter cela. Au village, les autres filles se moquent de son air étonné et perdu. "Seule, tu resteras toujours seule, on t'appellera seulette. Comment veux-tu qu'un homme veuille de toi ? Tu resteras seule avec ton chat." Mia ne voit aucune honte à rester seule avec son chat, mais elle rêve comme bien des jeunes filles de rencontrer un jeune homme qui la sauve de la vie qu'elle mène – et bien des jeunes hommes rêvent en même temps qu'elle d'une jeune fille qui les sauve de leur propre vie. Sous les quolibets, elle contient ses larmes et voit de plus en plus flou.

Le chat ne supporte plus ce harcèlement, qui le vise également. De bon matin, il se poste sur le toit de la jeune fille la plus belle qui est aussi la plus cruelle. Quand elle ouvre sa porte, il urine abondamment sur sa tête, trempant toute sa robe jusqu'aux chaussures, au vu et au su de tous les passants. Et il traite de même toute la bande. Quand Mia l'apprend, elle le chasse de nouveau : "Méchant, méchant, dit-elle, je ne veux pas être méchante, je ne veux blesser personne."

On ne pardonne pas à Mia sa mauvaise conduite. Les gens évitent de la regarder, refusent de lui adresser la parole. Effrayée par leur hostilité, elle ne quitte plus la maison, mais là non plus elle n'est pas la bienvenue. Sa famille préférerait se débarrasser d'une fille qui ne cause que des embarras. Et cette fois, le chat ne revient pas. La vie perd ses derniers enchantements. Il lui avait montré comment transformer chaque tâche ménagère en un jeu, à chanter ou danser tout ce qui pèse et blesse. Sans lui, la vie n'est plus qu'une routine pénible.

Pleine de larmes retenues, Mia est devenue aveugle. Le monde s'est réduit à un magma de couleurs, où elle cherche à tâtons son chemin. Elle va prendre de l'eau à la rivière et un homme abuse d'elle. Elle appelle le chat, de toutes ses forces, mais il ne vient pas. L'homme se moque de ses appels – "Qu'est-ce qu'un chat pourra contre moi ?" – et, par la voix, elle le reconnaît. Il la laisse là, sur la rive. Le monde n'est même plus un magma de couleurs, il s'est définitivement éteint.

Mia erre sur les chemins, plusieurs jours, plusieurs nuits. Sa famille ne la cherche pas et elle ne les cherche pas non plus. Alors qu'elle se repose, recroquevillée sous des buissons, le chat vient se blottir dans ses cheveux, comme au tout début, à sa naissance. Elle le caresse, il la mord jusqu'au sang. Elle pleure pour la première fois. Elle pleure toutes les larmes qu'elle a retenues et peu à peu recouvre la vue. Le monde est clair et net, sa volonté précise. Le chat a grandi, elle découvre qu'il n'a jamais été un chat, mais un lion qui a maintenant atteint sa taille adulte. Elle cache son visage dans sa crinière, croise son regard doré et l'envoie d'un geste vers sa vengeance.

Mais le lion secoue sa tête ensoleillée : "Partons, dit-il, allons vers le pays qui nous attend, pour ne plus jamais revenir." »

SSE

La nuit est longue, la famille des vents s'est dispersée. Euros chantonne dans le laurier. Zéphyr souffle dans des coquillages, qui se déroulent comme des serpentins. Borée joue au lancer d'étoiles, égratignant l'espace. Aurore et Crépuscule chuchotent, si près, si bas que leurs fils, à l'ouïe assourdie par leurs courses, n'entendent rien de leur dialogue. Notos va et vient, insatisfait de ses histoires. Il pressent qu'il perdra ce concours comme les précédents. Ses récits sont arides. Il ne se rappelle que l'essentiel, mais il aimerait tenter sa chance avec l'histoire qui lui tient le plus à cœur et qu'il a hésité à raconter, parce qu'elle lui ressemble. Il rassemble sa famille autour de lui et commence à raconter de sa voix grave au plus profond de la nuit.

« Là-bas, au Sud, se trouve une ville sonore et multicolore. J'aime éclaircir son air, pour que les couleurs ressortent et que les sons résonnent. Je n'imaginais pas qu'on puisse être triste entouré par tant de lumière. Mais je me suis pris un jour dans la veste d'un homme, qui s'est emporté contre moi. C'était un homme triste.

Il travaillait beaucoup. Il vivait seul. Lui ne voyait pas le kaléidoscope des ruelles, la pétillance des pins et le piquant de l'air, il ne voyait que l'impolitesse des passants, la saleté du trottoir et la monotonie de sa vie. Il était devenu dur et indifférent pour ne plus souffrir de la dureté et de l'indifférence des autres.

Un jour, une rose apparaît dans l'encadrement de sa fenêtre, devant son bureau. Il est penché sur son travail et boit de temps à autre quelques gorgées d'un café amer. La rose le distrait, il essaye de l'ignorer, mais elle insiste par sa présence. Il finit par ouvrir la fenêtre et s'adresser à elle : "Tu me ferais croire, chère rose, que la vie est belle, mais je vis depuis trop longtemps pour me laisser tromper, je sais par expérience qu'elle est horrible." La rose reste silencieuse. "Tu mens", conclut l'homme, et il prend ses ciseaux, tranche la tige et disperse ses pétales entre ses doigts, avant de reprendre son travail.

Le matin suivant, la rose est réapparue, elle s'est même multipliée. De la tige tranchée ont poussé trois tiges nouvelles, elles ont déroulé leurs feuilles et exposé leurs fleurs. L'homme considère d'un air amusé leur entêtement. Il hausse les épaules et se remet à travailler, mais les roses le dérangent. Elles attirent son regard et lui rappellent d'anciens jardins. Il ouvre la fenêtre : "Vous me feriez croire, chères roses, qu'il y a encore de l'espérance, mais soyez honnêtes, la vie n'a aucun sens, nous souffrons sans cesse, plus qu'on ne le mérite, plus qu'on ne peut le supporter ; tout meurt autour de nous, vous y compris." Les roses restent silencieuses. "Vous mentez", conclut l'homme, et il prend ses ciseaux, tranche toutes les tiges et laisse leurs fleurs tomber à terre, avant de reprendre son travail.

Le lendemain, les roses sont encore plus nombreuses, elles font de sa fenêtre une tapisserie serrée et raffinée de toutes les nuances du blanc au rouge. Sans se fatiguer à les compter, ou prendre la peine de s'asseoir à sa table, il sort avec une scie, tranche la plante à la base et réduit les branches à du petit bois qu'il jette dans son feu de cheminée. "Vous vouliez me faire croire que le monde est attentif et généreux, je ne l'ai trouvé qu'indifférent et cruel. Chères roses, vous mentez encore et toujours."

Le lendemain, le rosier a repoussé. Cette fois, il a envahi le mur entier, il est devenu un arbre véritable, craquelant le crépi de la maison, soulevant les dalles du seuil, s'agrippant à la gouttière. Une cascade de roses se déverse sur la façade, légère, brillante, entêtante. L'homme retrousse ses manches et passe la journée à s'en débarrasser, jusqu'aux racines.

Le lendemain, il n'y a rien. Plus de roses. L'homme s'en réjouit : il a gagné. Il se met à travailler avec entrain, mais son regard se porte sans cesse vers la fenêtre, comme s'il attendait la survenue de son ennemie. Il est plus distrait que jamais et finit par s'allonger, pris d'une grande fatigue. D'où vient cette lassitude ? Il voulait se débarrasser du rosier, c'est fait.

Le lendemain, il ne parvient même pas à se lever. Le temps passe, il ne fait rien, il oublie même qu'il habite dans une ville, qu'il a connu une rose. Quand un jour, il entend les cigales chanter. Il sort voir le soleil, mais trop affaibli pour tenir debout, il doit s'asseoir sur les marches du seuil et il remarque alors, surgissant des dalles fissurées, une rose solitaire, timide, fragile. Il lui sourit et regarde la ville alentour. Jamais il n'avait remarqué qu'elle était belle. »

SE

À la grande surprise de Notos, son histoire plaît. Crépuscule serre son épaule, Borée s'incline, Aurore reste pensive, Euros applaudit, avec une certaine ironie, et Zéphyr a l'air préoccupé – et s'il perdait ? Notos se lance pour la dernière, soulagé d'en avoir bientôt terminé. Il pourra se taire pour une année entière. Il cherche un instant son rythme, cette cadence des jours qui lui est propre, le temps passant par étapes de croissance.

« Là-bas, au Sud, il y a une famille de huit filles. On en a un peu trop, jugent leurs parents au bout d'un moment, et ils abandonnent la dernière dans la forêt. Le premier jour, elle se promène et pleure. Le lendemain, elle se promène de même, mais déjà ne pleure plus. Elle sait faire un feu, choisir les herbes et les champignons, dépecer et cuisiner la viande. Il ne lui reste qu'à apprendre à chasser.

Tandis qu'elle fait rôtir un lapin dans la nuit noire, un renard, attiré par l'odeur, l'observe de ses longs yeux curieux. Quel est ce drôle d'animal qui empiète sur son territoire ? Il ne reconnaît pas tout de suite une humaine dans la fille terreuse et emmêlée au parfum de mousse.

"Dis, petite, que fais-tu ici ?

– Je vis ici.

– Les humains ne vivent pas dans la forêt.

– C'est chez moi.

– Si tu vis ici, tu vivras toujours seule.

– Et pourquoi ?

– Les autres humains ne vivent pas comme ça.

– Et comment vivent-ils ?

– Entre quatre murs.

– Non merci.

– Tu dois te civiliser. Sinon aucun humain ne voudra te fréquenter."

La fille aime la forêt, mais pas la solitude.

"Comment faire ? demande-t-elle.

– Tu dois vivre avec les tiens.

– Ils ne veulent pas de moi.

– Il y a un palais au cœur de la forêt, entouré par de hautes murailles. Je connais un passage souterrain pour pénétrer dans le jardin. Là-bas, on t'apprendra à vivre parmi les humains.

– Montre-moi."

Il l'accompagne jusqu'à un mur si haut qu'il semble la fin du monde, la limite de ce qu'on peut voir et toucher, mais le renard creuse à son pied jusqu'à déterrer une trappe minuscule, qui ouvre sur un souterrain. La fille y entre tout juste. De l'autre côté, l'aube éclaire un jardin délicat et désert. Des arcs parfumés ombragent les allées blanches. Les buissons luisent comme des bijoux. Les frondaisons forment une ronde et leurs fruits semblent des guirlandes. La fille s'effraye de tant de raffinement. Elle se réfugie dans le premier arbre venu, un oranger, dont elle savoure les fruits d'or. Fatiguée d'une nuit sans sommeil, elle s'endort, la saveur sucrée sur les lèvres.

Le soleil est haut quand la dame du palais vient visiter son verger. Elle remarque les pelures tombées dans l'herbe et lève les yeux vers l'oranger, où dort une fille sale et mal peignée à l'odeur de charbon. "Descendez-la tout de suite", ordonne-t-elle aux gardiens du jardin.

"Que viens-tu faire dans mon jardin ? demande-t-elle à la fille. Voler mes fruits ?

– Non, je viens… Je viens pour me civiliser."

La dame sourit. Elle l'évalue d'un regard, de haut en bas.

"Ce ne sera pas facile, mais je veux bien essayer."

Elle ordonne à ses servantes de la rendre présentable. Celles-ci doivent la plonger dans quatre bains pour enlever toute la saleté et lui raser la tête pour se débarrasser des nœuds. Elles lui rougissent les oreilles et le cou à la pierre ponce, lui liment les ongles jusqu'au sang. Ses haillons brûlés, elles lui donnent une robe semblable à la leur, grise et rigide. Quand la fille se présente, la dame lui ouvre la porte d'une salle disparaissant sous la suie, comme si on y avait entretenu un feu pendant des années sans jamais rafraîchir les murs : "Nettoie cette pièce d'ici demain et repeins-la. Je veux y voir le ciel et tous les oiseaux du ciel. Si tu n'y arrives pas, tu ne veux pas vraiment te civiliser et tu n'es venue ici que pour voler mes fruits. Dans ce cas, la peine est simple : je te trancherai la tête."

La fille retrousse ses manches, prend le seau et la serpillière, cherche le savon, en maudissant le renard. Celui-ci reçoit la malédiction sur la tête alors qu'il tente d'attraper un oiseau d'un coup de dents. Sous le choc, il perd sa prise et reste tout étourdi.

"Maudit, moi, mais pourquoi ?" Et il revient au palais pour demander à la fille ce qu'il lui a fait. "Je n'aurai jamais le temps en une journée de tout nettoyer et peindre le ciel entier, qui plus est avec tous ses oiseaux", se plaint-elle.

Le renard réfléchit :

"Je peux aller chez le maître du temps, il habite au centre de la terre, mais je connais le souterrain qui mène dans son repaire. J'arrêterai le temps pour toi, mais je dois te prévenir : ce temps que je te donne maintenant sera soustrait à celui de ta vie.

– Ma vie ? Elle s'achève dès demain si je n'ai pas le temps qu'il faut."

Le renard court jusqu'au centre de la terre et verse de l'opium dans le vin du maître du temps, qui s'assoupit, la tête dans son assiette, et oublie de remonter l'horlogerie des cœurs. Le renard ne remonte que celle de la fille. Le monde ralentit et s'arrête autour d'elle, les servantes, les oiseaux, le vent même, l'air. Silence parfait, lumière immobile, tandis qu'elle balaie, trempe, savonne, récure et rince, puis prépare ses pinceaux et ses pigments, appose le fond blanc, ferme les yeux, longtemps, les ouvre et peint.

Le lendemain, la dame entre dans une pièce si claire et colorée, qu'éblouie, prise de vertige, elle s'arrête un instant, avant de conduire la fille dans une nouvelle salle, envahie par l'humidité et le moisi, comme si on y avait étendu le linge pendant des années sans jamais ouvrir les fenêtres. "Nettoie cette pièce d'ici demain et repeins-la. Cette fois-ci, je veux y voir la mer et tous les poissons de la mer. Si tu échoues, tu sais ce qui t'attend." De nouveau, la fille maudit le renard, qui accourt à son secours et va arrêter le temps pour qu'elle puisse peindre la mer.

Le lendemain, sans prendre la peine de la féliciter devant l'immense fresque marine, brillante de myriades d'écailles, la dame l'amène dans une nouvelle salle, couverte de boue, comme si on s'y était déchaussé pendant des années sans jamais passer une serpillière. "Ici, une fois la pièce propre, je veux voir la terre et toutes les pierres qu'elle renferme. Sinon c'est toi qui finiras sous terre." Encore une fois, le renard lui donne le temps pour peindre.

Le lendemain, la dame regarde à peine l'œuvre de sa prisonnière, ce miroitement secret de chaque gisement, ce grain si divers de la terre travaillée par les racines et les vers ; elle lui ordonne déjà de la suivre dans la dernière pièce, baignée de sang, comme si on y avait égorgé et dépecé des animaux pendant des années sans jamais rincer et désinfecter. "Ici, une fois la pièce propre, je veux voir le feu et tous les mots qui ont été prononcés autour de lui. Sinon c'est ton sang qui coulera." Avec l'aide du renard, la fille s'exécute.

Le lendemain, la dame s'attarde parmi les flammes qui enluminent les murs, les milliers et milliers de mots, de toutes les langues qui sont, furent et seront, inscrits dans leurs volutes, épelés dans leurs étincelles, puis elle regarde de bas en haut la fille propre et polie à l'odeur de peinture fraîche. "Tu as fait tes preuves. J'accepte de te prendre chez moi. Je te considérerai comme ma fille." Mais la fille, dont la vie a été réduite par toutes ces heures dérobées au temps, s'évanouit. "Elle se sera épuisée à la tâche, commente la dame, relevez-la." Les servantes s'affairent autour d'elle, avec des sels, du sucre, de l'eau. L'une d'elles se risque à la pincer très fort, une autre écoute son cœur. "Elle est morte, madame."

"Quelle perte de temps, soupire celle-ci. Enterrez-la en dehors des murs, je ne veux pas de tombe dans mon jardin." Elle se détourne du corps quand un renard lui saute à la gorge. Le sang asperge de nouveau la pièce enflammée et trempe le cœur de la fille qui reprend des couleurs. »

ESE

La nuit pâlit. Aurore a ouvert le ciel. Elle aère la surface terrestre sous sa juridiction, en faisant le tour de l'horizon. Elle lave les sens à grande eau et met un soleil dans le cerveau. Crépuscule prépare les boissons sombres du réveil, thé et café, puis il amène des paniers débordant de couleurs du couchant, fruits jaunes, orange ou rouges.

Zéphyr l'aide à mettre la table. Il chante avec les oiseaux du matin et choisit la nappe la plus fleurie. Borée est allé chercher le pain et les viennoiseries dans les villages des montagnes. Il en revient le nez rouge, de froid et de la gorgée d'eau-de-vie que le boulanger lui a proposée « pour bien commencer la journée ».

Euros s'est endormi pendant la dernière histoire et personne n'a eu l'idée de le réveiller. Allongé sur un banc de la terrasse, son ronflement remue le feuillage et le pelage des mères, ourses, biches ou écureuils, qui bousculent leurs petits. Notos est parti courir le long de la plage, il a besoin de se dépenser, d'oublier toutes les paroles prononcées. Il voudrait partir, être loin déjà, toujours plus loin d'eux, mais surtout de lui-même, hurler à l'infini dans la nuit désertique, sous le poudroiement des étoiles.

Autour de la table du petit-déjeuner, il revient à Euros, le vent de l'est, d'où se lève le soleil, de raconter ce qu'il a vu et entendu. Il se fait désirer. Il a besoin d'abord de boire son café, de manger un croissant, puis un pain aux raisins, de laver son visage à la source, d'aller uriner contre un arbre, de boire un autre café et peut-être un pain au chocolat.

« Bon, si tu n'es pas d'humeur, on saute ton tour et je commence, remarque Borée.

– Mais pourquoi êtes-vous si pressés ? On n'est pas bien là, en famille ? Il faut en profiter, on ne se voit pas si souvent.

– Tu n'as rien à raconter, c'est ça ? demande Notos.

– Ah si, si, plein de choses se passent à l'Est.

– Comme quoi ? demande Zéphyr.

– Par exemple, à l'automne, ils organisent une compétition de voiles. La dernière a eu lieu il y a quelques semaines.

– Raconte.

– Attendez… »

Il se redresse, arrange ses cheveux et son col : « Il faut que je commence dans l'ordre, hein, avec les bonnes formules… » Et s'étant éclairci la gorge :

« Là-bas, à l'Est, il y a chaque automne une compétition de voiles. Les marins m'honorent avec des présents et des prières. Ils comptent sur moi pour gonfler leur voile et orienter les vagues. Ils croient que je favorise le plus généreux d'entre eux, celui qui m'offre le trésor le plus précieux ou le plus prestigieux. Les jours précédant la compétition, je trouve devant ma grotte des merveilles insoupçonnées. Buissons ardents, oiseaux de feu, arbres d'or. Pas que ça me serve à grand-chose. Je les entasse contre les parois, les tas s'écroulent, les présents couvrent le sol, je marche dessus par mégarde. Certains se cassent et, en se cassant, ils se multiplient, c'est le problème de la magie. Bref, vous imaginez le bazar. Quand j'en ai marre, je repousse tout ça vers le fond, les trésors tombent dans les précipices et finissent au centre de la terre. Quelle meilleure cachette pour un trésor, n'est-ce pas ?

Cette année, l'un d'entre eux m'a offert sa fille. Je dormais paisiblement lorsque les cris suraigus de la petite m'ont réveillé. "Entrez", ai-je soufflé, plutôt de mauvais poil. Le père s'est aventuré dans la grotte en tremblant, tenant sa fille par les épaules, qui se débattait et essayait de le mordre. "Calme-toi, petite", ai-je dit, mais elle se débattait de plus belle. Alors j'ai tonné de tous mes poumons : "TIENS-TOI TRANQUILLE." Je n'aurais pas dû. Le "tiens" a déraciné les arbres dans un rayon de dix kilomètres, le "toi" a brisé un pont et le "tran" trois barrages, le "quille" a fait s'écouler tout un village, sans parler des tourbillons au large. Vous me connaissez, je suis maladroit.

Mais la petite a obéi, elle s'est tenue tranquille et j'ai pu parler avec son père.

"Ami marin, je ne doute pas que ta fille soit le plus précieux trésor en ta possession, mais il ne sert à rien de la sacrifier à tes ambitions. Pour te dire la vérité, je ne favorise pas les plus généreux ni les plus riches d'entre vous.

– Ah bon ? Et qui favorises-tu ?

– La veille de la compétition, je vais dans les maisons et je pèse les cœurs. Je les prends dans ma main, ce qui oppresse la poitrine qui se retrouve vide, vous appelez ça l'angoisse ou plus récemment, le stress. Le cœur bat de plus en plus vite, il se fait tout petit sur ma paume, pris de panique. Je le replace avant qu'il n'éclate. Après comparaison, je favorise le cœur le plus léger. Pas le plus brave, le plus généreux, le plus lucide. Non, le plus léger. On manque dans ce monde de légèreté. Je ne parle pas de fausse légèreté, de vide et de superficialité, mais de vraie légèreté, d'émerveillement, de bonne humeur et surtout d'humour.

– Mais alors, pourquoi acceptes-tu tous ces présents ? Tu n'as même pas l'air de les apprécier.

– Les hommes vivent d'illusions. Je n'ai pas la cruauté de les en priver. Et par leurs dons, ils apprennent à devenir plus légers.

– Puisque tu es si franc, maître vent, je le serai aussi. Je ne te donne pas ma fille pour gagner tes faveurs. Je te la confie parce que ma femme et moi ne savons plus quoi en faire.

– Comment ça ?

– Elle est tout simplement ingérable. Ma femme a eu l'idée de vous l'amener, elle a dit : seul le vent pourra éduquer la tempête.

– C'est-à-dire, ingérable ?

– Elle ne s'arrête jamais, ne peut se concentrer sur rien, elle court sans cesse, casse tout sur son passage. Une vraie tornade, impétueuse et impatiente. Même dans son sommeil, elle ne tient pas en place, elle s'étrangle dans les draps ou brise les lattes du sommier.

– Ça me rappelle mes frères.

– Le vent a des frères ?

– C'est une autre histoire. Je la prends volontiers. Je te la rendrai à vingt ans, mieux éduquée que la Lune." Le marin regarde le désordre autour de lui.

"Excuse mon insolence, maître vent, mais tu ne sais même pas ranger ta grotte.

– Oh, ne t'inquiète pas, ce n'est pas moi qui l'éduquerai, mais celle qui m'a éduqué, moi et tous les vents sur terre.

– Qui a un tel pouvoir ?

– L'Aurore." »

À ce stade de son histoire, Euros plonge la main dans sa poche, en ressort un fuseau enrobé de fil d'or et le pose sur la table, où il tient tout seul, à la verticale. Le vent en tire alors la ficelle et le fuseau se dévide à toute vitesse, libérant une petite fille qui était ligotée contre la baguette de bois. Minuscule en comparaison des dieux, de la taille de leurs doigts, elle dévaste en tourbillonnant la table de leur repas, tornade miniature qui brise les tasses et broie les fruits. Tous se lèvent et s'écartent.

« Tu es fou. Amener un humain ici ! s'exclame Borée.

– Elle ne m'a pas l'air très humaine », remarque Notos.

Seule Aurore est restée assise. Elle attend que Tempête soit à sa portée ; d'un geste posé et précis, elle l'attrape d'une main et de l'autre saupoudre du sel sur sa tête. La fillette se calme immédiatement.

« Bonjour, lui dit-elle.

– Bonjour madame, répond l'enfant. Vous avez une belle robe. »

Aurore découpe dans l'ourlet à son poignet une petite robe semblable à la sienne, rose comme l'aube, perlée comme la rosée et Tempête rougit de contentement. « Merci, Euros, j'ai toujours voulu une fille. Celle-ci n'a besoin que d'un peu de discipline pour savoir resplendir. »

Les frères se rassoient, de mauvaise grâce, honteux de leur frayeur et troublés par cette nouvelle : leur mère n'avait jamais dit qu'elle aurait voulu une fille. Pourquoi aurait-elle voulu une fille ? Qu'est-ce qu'une fille a qu'ils n'ont pas ? Zéphyr, le plus dépité d'entre eux, se tourne vers son frère :

« Et la fin de l'histoire ?

– Elle est finie.

– Et la compétition ?

– Splendide, comme toujours, ces voiliers comme des oiseaux géants, flottant tour à tour sur l'eau et l'air, vers plus et plus de lumière. Quoi de plus réjouissant pour un cœur qui rêve de légèreté ?

– Et qui a gagné ?

– Ah, j'ai oublié.

– Comment ça, tu as oublié ? Tu n'as pas récompensé le père ? Et qui avait le cœur le plus léger ?

– Oh, je ne tiens pas chronique de tous ces menus faits. Ce qui compte, c'est que tu aies une nièce, moi une fille et Aurore une petite-fille.

– Ça ne compte pas, ce n'est pas une histoire.

– Bien sûr que si, c'est une histoire, c'est quelque chose qui m'est arrivé.

– Tu ne sais te plier à aucune règle, Euros, même pas celle de la narration.

– Et quelle serait la règle de la narration ?

– Une histoire a un début, un milieu et une fin.

– Très bien, le début c'est quand je commence à parler, le milieu quand je fais une pause pour boire mon café, et la fin, quand je m'arrête de parler.

– Ce n'est pas sérieux.

– Mais rien de tout ça n'est sérieux, Zéphyr, ce ne sont que des contes.

– Moi, je prends les contes au sérieux. »

Tempête grimpe le long du bras de Zéphyr, jusqu'à son épaule, où elle s'assoit en disposant fièrement sa robe nouvelle autour d'elle. Il est tenté de l'écraser comme un moustique, mais se retient sous le regard de sa mère. « Il a raison, Euros. Raconte-leur une histoire, je sais que tu sais le faire, tu m'en racontes tous les soirs. »

Zéphyr ressent une pointe d'attendrissement, mais il y résiste avec brusquerie, prend la petite par la tête et la dépose dans l'assiette de Notos, baignant sa jolie robe de beurre et de confiture. « Toi qui as l'habitude des moustiques, occupe-toi de celui-là », lance-t-il en quittant la table, et Notos de soupirer : « Ah, la famille… »

E

Aurore trempe Tempête dans un verre d'eau bleue, puis dans un verre d'eau verte, enfin dans un verre d'eau blanche, la laissant toute transparente. Elle l'essore, l'étire, l'agite et s'adresse à Euros : « Souffle dessus pour qu'elle sèche plus vite » ; puis elle la pose sur la broche qui retient en chignon ses cheveux d'or. Tandis qu'elle débarrasse, Tempête lui parle de ses parents, ses frères et sœurs, et l'école, et la mer, et le vent, d'une voix haut perchée, précipitée, effrénée. Elle parle tant et tellement qu'Aurore pense : "Mais personne n'a jamais écouté cette enfant !" ; et l'enfant se calme en parlant, le tremblement de la tempête quitte peu à peu sa voix et ses gestes.

Crépuscule rattrape Zéphyr sur la terrasse, il le prend par les épaules et emprunte avec lui un sentier : « Allons voir les troupeaux. » Il aurait voulu trouver des paroles plus sages, mais il ne sait jamais quoi dire ni comment. Plus généralement, il ne comprend pas la nécessité de parler. Lui préfère agir ou regarder. Ses pensées, il les exprime par des couleurs, pas des mots, les peignant le soir à qui prend le temps de les voir. Zéphyr s'apaise en sa présence. Il apprécie le silence de son père comme un paysage solitaire.

Borée et Notos se sont aussi levés de table. Le cadet lance un défi à l'aîné : le plus vite arrivé à l'autre rive. Et tous deux traversent la mer d'une traite, luttant côte à côte, l'un brûlant, l'autre glacé. Notos gagne pour la vitesse, mais Borée réplique avec un autre défi : soulever un volcan qui se trouve au fond de la mer ; et c'est lui qui l'emporte en force, massif et musculeux face à son frère mince et souple. Il parvient à le soulever si haut que le volcan émerge et une nouvelle île se profile, escarpée et ardente. On sent que Nord et Sud ont envie d'en venir aux mains pour se départager.

Euros regarde leurs prouesses en bâillant et son bâillement fait valser doucement les feuilles d'or et d'ocre sur le seuil.

« Je comprends pourquoi tu voulais une fille, dit-il à sa mère. Nous, on manque, comment dire, de finesse.

– Tu peux sécher la vaisselle ? » réplique-t-elle.

Notos et Borée lavent leur sueur à la source, ils rencontrent là Zéphyr et Crépuscule qui remplissent leur gourde. « Rentrons », dit leur père. Le froid commence, Aurore lance des étincelles dans le foyer, Euros souffle sur elles, Tempête fixe le feu.

« Il est l'heure de raconter ta prochaine histoire, annonce Zéphyr en signe de réconciliation.

– J'en ai plein, mais je ne m'en souviens pas très bien.

– Dis-nous celle dont tu te souviens le mieux. »

Euros sourit largement.

« Il y a un noisetier, là-bas, à l'Est, dont les noisettes contiennent des petits garçons. À l'automne, une centaine d'enfants descend de l'arbre. Ils ont le cheveu brun, l'œil espiègle et le pied coriace. Un jour, ils croisent le carrosse d'une jeune fille qui traverse la forêt. Ils l'arrêtent pour la dévaliser, mais restent stupéfaits devant son état : elle n'a pas de mains. Laissez-moi vous expliquer pourquoi. Dans le palais d'où elle vient se trouve un puits plein d'histoires, comme tous les puits d'ailleurs. Celui-ci en contenait plus que vous et moi, mes frères, et ses souterrains menaient à d'autres puits. Il n'avait pas que ses histoires de petit puits individuel en tête, mais toutes les histoires de tous les puits sur terre, reliés entre nappes, lacs, sources et rivières, et ils n'entraient pas en compétition entre eux, les puits, non, ils avaient compris qu'il fallait vivre en étant reliés, vivre dans le partage et la coopération, comme les racines des arbres, ce que, mes frères, vous n'avez jamais compris, mais je ne vous en veux pas, je n'aimerais pas tellement être relié à vous pour être honnête, rien que l'idée me donne l'impression d'être à la fois écartelé dans quatre directions et ficelé comme un saucisson, il vaut mieux qu'on aille chacun de son côté et sans trop se croiser, sinon gare à la tempête, non, je ne parle pas de toi, petite, d'ailleurs tu n'avais pas un nom, un vrai nom avant de croiser ma route, je ne perds pas le fil, non pas du tout, arrête de t'étrangler, Zéphyr, je disais donc que le puits contenait plein d'histoires, reliées à toutes les autres histoires, et le problème, c'est qu'en commençant une histoire, forcément on devait aborder toutes les autres histoires, ce qui fait que le puits restait très silencieux, parce que s'il avait commencé à raconter, il ne se serait jamais arrêté, il aurait dû épuiser toutes les sources, toutes les nappes, toutes les rivières, tous les lacs, et étant un puits il ne voulait pas être épuisé, sans parler du fait qu'il avait un travail, un travail de puits, c'est-à-dire servir de robinet et de miroir pour les gens du palais et des environs, et donc raconter des histoires, c'était un plus, un loisir si vous voulez, mais un loisir assez exigeant tout de même, et dangereux, comme je le disais, s'il avait commencé, il n'aurait pas pu s'arrêter, mais il s'est laissé tenter par cette jeune fille qui se lavait les mains et qui était quand même très, très jolie, alors pour la retenir, il raconte une histoire, et puis une autre histoire, et encore une autre, et je dis qu'il raconte plusieurs histoires, mais en vérité il n'en achève aucune, il en commence une, qui en amorce une autre, qui débouche sur une autre, et la jeune fille l'écoute en se lavant les mains et elle l'écoute tant et tant qu'elle s'est trop lavé les mains, qui ont disparu et elle ne le sait même pas jusqu'à ce que le puits épuisé commence à se vider et alors voyant ses moignons elle a hurlé, il faut un remède, qui, comme tous les remèdes, se trouve dans la forêt, où les garçons-noisettes la rencontrent sans mains, mais ils ne peuvent pas le lui reprocher, étant eux-mêmes nés d'un arbre, et vous ne vous êtes pas demandé qui a planté un arbre comme ça ? Un noisetier qui donne de petits garçons ? Voyons, mes frères, vous si amoureux de la compétition, si fiers d'être le plus fort, n'est-ce pas, Borée ? Le plus rapide, n'est-ce pas, Notos ? Le plus beau, n'est-ce pas, Zéphyr ? Vous ne voudriez pas aussi être le plus malin ? Non, je crois que ça, c'est moi, mais je ne m'en vante pas, parce que, voyez-vous, vous êtes si sots… »

Ses frères se ruent sur lui. Tous les quatre roulent à la renverse et déboulent sur la terrasse, où leurs coups crèvent le ciel, répandant pluie, grêle et neige. À l'abri dans la grotte, Crépuscule serre Aurore contre lui, elle pose sa tête sur son épaule et tient Tempête contre son cœur.

« Ça leur arrive souvent ? demande la fillette.

– Tout le temps, répond Aurore. Ensemble, ils sont intenables. C'est pourquoi on ne se réunit qu'une fois par an. »

ENE

Borée souffle sur l'œil d'Euros, le genou de Zéphyr, les côtes de Notos, puis sur ses propres poings. Il refroidit leur chair rougie et boursoufflée sous les coups.

« Pourquoi nous provoquer ? demande Zéphyr.

– Vous voulez plaire. Moi, je préfère déplaire.

– Tu es vraiment fait à l'envers, commente Zéphyr.

– Mais je te promets d'achever ma prochaine histoire.

– C'est ta seule chance, c'est la dernière.

– Je tiendrai ma promesse dès la première phrase, parce que je vais commencer par la fin. »

Zéphyr lève les yeux au ciel, Notos éclate de rire :

« Je te l'accorde, tu es le plus malin d'entre nous. » Puis il se tourne vers Borée : « Arrête de nous souffler dessus, on va se changer en verre.

– Ce sera plus facile de vous briser, rétorque celui-ci.

– Assez, les garçons, intervient Crépuscule, il ne s'agit pas de savoir qui frappe le mieux, mais qui raconte le mieux. Euros, nous t'écoutons. »

« Là-bas, à l'Est, il y a de vastes plaines, où vivent des nomades éleveurs de chevaux. Je les ai traversées pour arriver jusqu'ici. Vite, très vite. J'étais en retard, comme vous le savez. Je pliais l'herbe comme si je saisissais la crinière de la terre, je secouais les arbres comme si je fouettais ses flancs, je retroussais les rivières comme si je la faisais courir à perdre haleine, et voici que j'aperçois un immense troupeau de chevaux mené par un homme seul. Je le rattrape, curieux de connaître le maître d'un si bel équipage. Il était sans visage. Plus précisément, son visage était si couturé de cicatrices qu'on ne pouvait discerner aucune expression. Voulant percer son secret, j'ai soufflé, soufflé contre lui. Il ne baissait pas la tête, il se contentait de plisser les yeux et remonter son col, et j'ai continué à souffler, tant et tant que les larmes ont perlé et roulé sur ses joues. Alors j'ai su.

Quand il était adolescent, son père, le chef du clan, lui demanda d'aller garder un troupeau seul, sans aide ni supervision. C'était la première fois. Il lui confia trois chevaux. L'un était roux, l'autre gris et le dernier noir. Le garçon partit. Il n'avait que ses armes. Il galopa longtemps, il était loin du clan. Il s'établit dans une nouvelle région. Un jour, un serpent se faufila dans l'herbe haute, s'apprêta à mordre le cheval roux, quand le garçon dégaina son épée et le trancha net. Aussitôt, l'herbe de la plaine roussit, et les chevaux refusèrent d'y toucher, comme si elle était en feu. Il repartit et s'installa dans une autre région. Un jour, un aigle, dissimulé par des nuages sombres, fondit sur le cheval gris, quand le garçon tendit son arc et le transperça d'une flèche. Aussitôt, l'herbe de la plaine tourna au gris, et les chevaux refusèrent d'y toucher, comme si elle était en cendres.

Le garçon repartit loin, si loin que la plaine touchait au désert. Un lion se présenta sur sa route. Jamais le garçon n'avait vu un animal aussi splendide. Il descendit de sa monture et s'approcha. Les chevaux s'inquiétèrent, ils tentèrent de s'échapper, mais le garçon les lia entre eux et à lui d'une corde. Il les contraignit à le suivre : "Croyez-moi, cet animal est trop beau pour nous faire du mal." Devant le lion, il déposa ses armes et s'agenouilla, voulant gagner sa confiance ou lui prêter allégeance. Lui venait le désir de le suivre jusqu'au bout du monde, dût-il y sacrifier ses chevaux. Il ne voulait plus de la liberté de la plaine, si âpre et solitaire, il voulait suivre ce soleil, la route qu'il ouvrait, et devenir aussi ferme et flamboyant. Mais le lion se détourna de lui et se jeta sur le cheval roux, lacérant son flanc. Le garçon, étonné, le supplia d'arrêter. Sans écouter, le lion passa au cheval gris, lui brisant les jambes. Le garçon chercha ses armes, elles avaient disparu, alors il enfourcha le cheval noir et s'enfuit au galop. Le lion les rattrapa, le garçon sauta à terre et libéra le cheval, lui criant de fuir, tandis qu'il s'interposait entre lui et le lion.

Il lutta à mains nues avec la bête. C'est elle qui emporta son visage, mais c'est lui qui parvint à la vaincre. À la mort du lion, l'herbe se changea en or. Le garçon rit amèrement : "Quel cheval peut brouter une herbe d'or ? Cette plaine ne vaut plus rien, comme les précédentes." La nuit tomba et le cheval, plus noir que la nuit, revint vers son maître. Il l'aida à monter et, avant de partir, faucha une brassée d'or entre ses dents. C'est l'or qui éclaira leur chemin dans les plaines toutes également noires de cette nuit plus longue que toutes les nuits. Le garçon aurait préféré ne jamais revenir au clan, il avait honte d'avoir perdu deux chevaux et de son visage ravagé, mais il n'avait plus la force de guider sa monture, qui l'y ramena malgré lui.

À sa grande surprise, son père l'accueillit en le félicitant et, quand il fut guéri, il lui remit la brassée d'or que le cheval avait apportée, fondue en un anneau. "Tu peux devenir chef à ma place, lui dit-il, tu as appris à gouverner. Maintenant, tu sais qui tu dois protéger et qui tu dois combattre." Le garçon pleure et son visage le brûle, comme ce jour-là dans la plaine, des années plus tard, quand je souffle contre lui. »

« Pas mal… commente Zéphyr.

– Ce genre de commentaires gâche toute l'histoire.

– C'est pour ça que je l'ai fait.

– Je vais devoir en raconter une autre…

– Ah non, c'est mon tour, interrompt Borée. Regarde le soleil, il est arrivé au zénith. »

Sous le grand soleil brille le paysage couvert de neige.

NE

« En vérité, il est midi moins le quart, remarque Crépuscule. Tu as le temps d'une histoire, mais courte. » Euros regarde longuement son père, ce peintre né, qui devine l'heure à la vibration des couleurs, à l'épaisseur de leur ombre, sans même lever les yeux vers le soleil.

« Père, je ne t'ai pas oublié. Quand j'ai reçu la petite Tempête pour notre mère, je me suis dit qu'il fallait que je ramène quelque chose pour toi aussi.

– Tu n'étais pas obligé.

– Il valait mieux. Question d'équilibre. Comme disent les humains, ce que tu donnes à l'aurore, ne le retire pas au crépuscule.

– Que veulent-ils dire par là ?

– Comment savoir… Ils disent tout et son contraire pour se donner l'air mystérieux.

– Il ne te reste qu'une dizaine de minutes, Euros. » D'une besace en cuir, il retire un manteau de toutes les couleurs qu'il place sur les épaules de son père. Crépuscule caresse l'étoffe. Les frères admirent son nouvel habit, Zéphyr avec une pointe d'envie.

« Où l'as-tu trouvé ?

– Toute une histoire. Je faisais ma sieste quand…

– Raconte selon les règles », intervient Zéphyr.

Euros soupire :

« Là-bas, à l'Est, je faisais tranquillement ma sieste quand j'ai senti des tiraillements sur mon flanc. Je me suis retourné dans mon sommeil, peut-être avais-je mangé quelque chose d'inapproprié. Dans ma voracité, j'avale n'importe quoi et j'ai déjà remarqué que je digérais mal les feuilles séchées. Je changeais de position, encore et encore, les tiraillements continuaient. J'ai pensé à des petites bestioles, ces oiseaux qui s'infiltrent entre nos côtes et planent sur notre souffle. J'ai remué, donné quelques coups de poing pour m'en débarrasser. Le tiraillement s'est arrêté. Pendant un temps. Ça a repris de plus belle et fini dans un véritable déchirement. J'ai soufflé : "QUOI ENCORE ?"

La grotte a tremblé, quelques rochers ont roulé devant l'entrée et j'ai dû me lever pour les retirer. "Oiseaux de malheur !" Mais c'étaient des humains. Encore eux, toujours eux. "Vous êtes vraiment des parasites, leur ai-je lancé, le cœur hirsute. Pourquoi venez-vous tourmenter le vent ? Le feu, la terre, la mer, les animaux, les autres humains, ça ne vous suffit pas ?" Je remarque alors qu'ils m'ont entaillé le flanc avec un coupe-vent. Je gonfle déjà mes joues pour les pulvériser lorsque le plus âgé d'entre eux s'avance :

"Maître vent, retenez votre souffle, ou dirigez-le contre moi et épargnez mes compagnons. C'est ma faute, je leur ai donné une somme qu'ils ne pouvaient refuser pour m'aider à prélever quelques mètres de votre peau.

– Que comptes-tu faire avec ma peau, petit homme ? Elle lacérera ton sac avant que tu aies pu le refermer.

– On prédit que mon fils ne survivra pas à ses vingt ans, qu'il mourra à la guerre si je ne lui fournis pas une armure de vent, tirée de votre peau. Il ne m'en faut qu'un petit morceau.

– Je connais ce genre de chantage. En effet, une armure de vent le protégera contre toutes les attaques. Mais si je la lui donne, que fera-t-il ? En bon humain qu'il est, il ira massacrer les fils des autres, pour montrer qu'il est le plus fort et que rien ne l'atteint. Non merci, ne me mêlez pas à vos sales affaires d'humains.

– S'il vous plaît, maître vent… Je vous donnerai en échange les plus grands trésors. Je suis marchand, toute la terre est ma terre, je connais les merveilles d'Orient et d'Occident, les secrets du Nord et du Sud. Dites-moi ce que vous désirez et je vous l'apporterai.

– Les humains et leurs trésors… Je ne veux rien. Rien que tu puisses me donner. Je veux dormir, manger, faire le tour du monde, redormir, remanger, refaire le tour du monde et re-re-re. Je suis un vent simple.

– Vous m'avez l'air plutôt compliqué, avec toutes vos volutes et vos tourbillons.

– Je ne te permets pas cette familiarité.

– Quelqu'un que vous aimez a peut-être besoin de quelque chose…

– Maintenant que tu le dis, je cherche un cadeau pour mon père. Mais je doute que tu puisses me satisfaire.

– Qu'aime-t-il ?

– Les couleurs.

– J'ai ici un manteau de toutes les couleurs.

– Toutes ?

– Toutes, il n'en manque pas une seule.

– Montre… C'est du beau travail.

– Et ce n'est pas qu'une parade de couleurs, maître vent."

Le marchand retourna un pan du manteau et montra son revers, couvert d'inscriptions en divers alphabets. "Celui qui porte ce manteau peut parler toutes les langues, avec tous les accents et dans tous les registres.

– Ce ne sera pas très utile à mon père. Il parle peu et de mauvaise grâce dans la seule langue qu'il sache.

– S'il ne parle pas, il pourra écouter et comprendre. Plus aucune culture ne lui sera étrangère.

– C'est bien une invention de marchand.

– Alors, qu'en dites-vous ?

– C'est joli, mais ça ne vaut pas une once de ma peau. Cependant, la réunion se rapproche et je préfère continuer ma sieste que me creuser la tête. Je vais te donner un casque de vent pour ton fils. Il le protégera des coups traîtres et cela lui permettra de vivre bien au-delà de vingt ans tout en menant une vie honnête.

– Dans ce cas, je vais retirer quelques couleurs et leurs langues correspondantes. Une armure pour un manteau, une veste pour un casque.

– Tu n'es pas en position de marchander, petit homme.

– Pardonnez-moi, maître vent."

Malgré mon avertissement, je l'ai vu retirer une couleur avec son alphabet ; il a cru que je ne l'avais pas vu, mais j'ai laissé passer. Les humains ont l'instinct de justice. Ils préfèrent mourir que de se sentir lésés. »

« Alors, ça te plaît ? demande-t-il à son père pour finir.

– Oui, beaucoup.

– J'espère que ça te rendra plus bavard. »

Son père acquiesce sans répondre. Il regarde les couleurs resplendir en pleine lumière et en silence il déchiffre les multiples manières de dire lumière dans chaque langue. Ainsi, il la ressent plus intensément avant de la laisser le traverser, il la diffracte à travers un prisme de pensées qui, d'une même couleur, déduit une myriade d'images.

Il y a bien toutes les langues, sauf une, mais celle-ci, il la connaît déjà, il n'a pas besoin du manteau. La langue manquante est sa langue natale. La langue des premiers dieux, celle que parlait sa mère, la Nuit. Il n'en reste que des débris dans celle d'aujourd'hui. Et c'est tant mieux, pense-t-il, c'est une langue trop puissante, la langue de l'origine, qui crée ce qu'elle dit. Il faut être très sage pour la maîtriser sans dommage.

NNE

Borée souffle et la buée qui sort de sa bouche se change en brume qui s'épaissit. Ils ne discernent plus leurs mains ni le visage de leur vis-à-vis. Même les paroles semblent venir de loin. Tempête s'est réfugiée dans la poche de poitrine d'Euros. Borée commence à raconter.

« Là-bas, dans le Nord, une magicienne n'ouvre boutique que les jours de brouillard. Ses services sont très recherchés. Les gens viennent, à tâtons, devant sa porte. Ils trébuchent et se bousculent. La queue est longue. Parmi eux se trouve un jeune homme aux cheveux d'or. Ils luisent dans la brume, lui font comme une auréole, encadrant son visage jeune et triste. Quand arrive son tour, le jeune homme demande à la magicienne qui range pierres et potions derrière son comptoir :
"Madame, je voudrais vouloir.
– Tu ne veux rien ?
– Non.
– C'est que tu as déjà tout.
– Sans doute."
Elle regarde ses cheveux et sourit.
"Tu as beaucoup, mais tu n'as pas tout. Que ne vas-tu chercher une princesse, combattre un dragon, ou déterrer quelque trésor ?
– Cela ne m'intéresse pas. Un dragon n'est qu'un gros lézard, une princesse n'est qu'une petite fille, un trésor n'est qu'un amas d'or et j'en ai plein la tête.

– Tu es spécial, n'est-ce pas ?" Elle sourit encore en regardant ses cheveux d'or, puis reprend : "Va dans la forêt, gagne le château, monte dans la tour, pénètre dans la chambre, descend dans le coffre, trouve le coffret. Dans le coffret il y aura un autre coffret, et dans ce coffret encore un autre, et cela continuera longtemps, jusqu'à ce que tu découvres le plus minuscule des coffrets contenant la plus minuscule des sphères d'or. Dépose-la sur ta paume, elle s'ouvrira et tu entreras dans un monde qui désirera pour toi."

Le jeune homme fit comme elle avait prescrit. Il alla dans la forêt, entra dans le château, monta dans la tour, pénétra dans la chambre, descendit dans le coffre, trouva le coffret dans le coffret dans le coffret, jusqu'à découvrir la plus minuscule des sphères d'or. Il la déposa sur sa paume, elle s'ouvrit et il se retrouva sur une piste de neige, descendant à toute vitesse sur des skis minces. Arrivé au bas de la pente, il s'élança dans la montée, s'envola au sommet, rebondissant de cime en cime, en cime, sur de géantes bottes élastiques, quand il plongea soudain au fond de la mer et sillonna en courant d'air ses contrées de corail ou cristal, monté sur des patins tranchants qui fissuraient la terre, débouchant sur une rive où le vent le porta de nouveau vers les cimes. Il ne cessait de voyager ; c'était une suite de paysages, franchis sans la moindre entrave, comme s'il traversait la vie dans un train lancé à pleine puissance, de pays en pays, de planète en planète. Le voici qui marche d'étoile en étoile.

Sa mère caresse ses cheveux d'or et sa main s'en trouve toute pailletée :

"Que lui a-t-elle donné, cette sorcière ? Il n'arrête plus de rêver."

Son père soupire :

"Il ne fait rien de la journée. Il reste là, les yeux dans le vide. Pourtant, il était plein de promesses.

– Oui, un garçon aux cheveux d'or, que pouvait-on désirer de plus ?

– Il a fait notre fortune. Avec une de ses mèches, on avait de quoi vivre pour un mois.

– Peut-être en a-t-on trop coupé. As-tu pensé qu'on lui retirait quelque chose ?

– Ils ont toujours repoussé.

– On prenait comme si c'était à nous, mais il n'est pas à nous.

– Comment ça ? C'est notre fils. Qu'est-ce qui nous appartient plus que notre fils ?"

La mère pleure et le père la console. Quand ils quittent la pièce, je souffle dans les yeux du garçon. Aucune réaction. Alors je le renverse de sa chaise et je le roue de coups. »

« Quoi ? Tu es fou ! interrompt Zéphyr.

– Petit, laisse-moi raconter, je ne t'ai pas interrompu quand tu débitais tes fadaises », réplique Borée.

Toute la famille tremble, de froid et de crainte mêlés. Tempête éternue et se fait toute petite petite dans la poche d'Euros.

« Donc, je le frappe, je le secoue, je lui envoie tout ce que j'ai. Je ne suis pas du genre à briser des sortilèges avec des contre-sortilèges, formules, baguettes, poudres de perlimpinpin et autres trucs de femmelette. Non, j'ai mes poings de grêle, mes dents de gel, mes pieds qui valent des tombereaux de neige, une tornade dans le thorax qui a éteint des espèces entières, enseveli des millénaires, et je brise n'importe quoi, naturel ou surnaturel.

Enfin, le garçon se réveille. Il me regarde. Il est bleu, un peu violet sur les bords, le sang trempe ses cheveux d'or. Il gémit :

"J'ai mal.

– C'est bien. C'est ça qui te manquait, connaître l'adversité. Tu ne désires rien, et alors ? Qui s'intéresse à tes désirs ? Tu crois qu'on vit avec des désirs ? On vit par devoir. Va maintenant dans le vrai monde, regarde ce que vivent les vraies gens, on y trouve peu de cheveux d'or et aucun voyage étoilé. Essaye de faire de la joie avec ce bois-là, réchauffe tes semblables avec tes rêves. Le seul désir qui tienne, c'est de choisir son devoir." »

Le silence dure, on ne sait si Borée a fini de raconter, on n'ose l'interrompre.

« Et qu'a-t-il répondu ? finit par demander Euros.

– Rien, mais il va bien. C'est devenu un ami. Je lui rends visite lorsque je passe dans sa région. On partage un alcool fort, au goût de pin et de fougère. On reste devant le feu. On parle peu. Il a une femme, des enfants, il travaille le bois et cache ses cheveux d'or sous un bonnet en grosse laine. Personne ne lui prend plus une mèche. Personne n'y touche même. À part, peut-être, sa femme. Je ne me mêle pas de ces choses-là. »

N

« Là-bas, dans le Nord, une petite fille parle d'ombre. En quelques phrases, elle fraîchit le paysage. Si elle chante, le jour s'absente. Sa mère s'en rend compte dès sa naissance. Ses pleurs déclenchent des éclipses. Au village, on s'attend à l'apocalypse. Elle lui bande la bouche et, quand elle grandit, lui apprend à parler petit à petit, tout doucement, et lui recommande de faire la muette avec les autres gens. "Si tu veux rester avec moi, ne dis pas un mot au village. Tu as un grand pouvoir, les hommes le convoiteront." Pour conjurer l'ombre qu'elle profère, elle la nomme Claire.

Claire use discrètement de son talent. Après avoir vérifié que personne ne l'observe, elle chuchote quelques mots et des ombres se projettent, de la forme qu'elle souhaite. Elle en fait des personnages pour ses histoires, des compagnons pour ses jeux, des gardes du corps contre les enfants malveillants. Entourée de ce cortège, elle mène une vie à sa hauteur, pleine de petites péripéties et de grandes découvertes.

Un jour, un homme remarque cette enfant qui parle au mur et sur le mur une silhouette apparaît qui se détache, la prend sur ses épaules et l'emmène se promener. L'homme les suit. Dans les champs, l'enfant descend et siffle très brièvement. Aussitôt apparaissent deux oiseaux sombres, des ombres d'oiseaux, qui se perchent sur ses épaules et lui racontent ce qui se passe de l'autre côté de la planète, là où il fait nuit. L'homme rapporte ces faits et gestes au chef du village, qui les rapporte au chef du canton, qui les rapporte au roi ; et quelques jours plus tard, une dizaine d'hommes, lourds, ivres et barbus, viennent frapper si fort à la porte qu'ils la fracassent. En riant, ils arrachent la fillette.

Elle devient l'éclaireur de l'armée royale, mais elle n'apporte pas la clarté. Tout au contraire, on lui demande de répandre l'ombre. On l'a vêtue de blanc, couronnée de diamants, unique étoile dans l'obscurité. Elle porte le drapeau du pays, qui claque au-dessus de sa tête, et joue d'une trompette d'argent. La nuit répond à son appel, l'ombre ensevelit le monde. L'armée qu'elle guide profite de la surprise de l'adversaire, soudain désorienté, vite terrorisé. Équipée de torches et de bûchers, elle s'avance implacable, poursuivant son œuvre de massacre. Sur les ordres de l'enfant, des guerriers d'ombre surgissent de terre pour venir en aide aux soldats réguliers. Ils conquièrent toutes les terres du Nord. Il n'y a pas de roi plus puissant. "Tu rentreras chez toi quand je posséderai la terre entière", lui a-t-il promis.

Mais la petite fille devient jeune fille et il est de plus en plus difficile de lui dire quoi faire. Elle ne supporte plus les cris, le sang, le feu. Rouge, couleur plus sombre que l'ombre, qui tache ses mains et brûle ses yeux. On la menace, on lui dit qu'on s'en prendra à sa mère. Elle sourit : "Et si je m'en prenais au roi ? Un mot de moi et l'ombre à l'intérieur de son corps l'engloutira." À ses paroles, le soleil s'éteint, puis la lune, les étoiles, une à une. Dans la nuit complète, on la laisse libre.

Elle soupire et du ciel descend une nuée sombre, où elle s'allonge et s'endort. La nuée s'envole vers son village et l'y dépose dans une tempête de neige. Mais sa mère est morte depuis longtemps. À l'armée, personne ne l'avait avertie. La jeune fille n'a pas le cœur à chercher vengeance. Elle ne veut plus aucune violence.

Le temps passe. Elle mène une vie discrète, faisant semblant d'être muette. Elle se marie et donne naissance à une fille, dont les cris ne causent aucun souci, si ce n'est l'insomnie. Dans sa maison, elle garde des ombres dans les coins, qui l'aident en douce à cuisiner, tresser, laver, planter et récolter. Connaissant sa force de destruction, elle ne cède jamais à la tristesse, la colère ou l'amertume. On ne connaît femme plus gaie, douce et patiente. Tout le monde aime Claire. "Comme elle porte bien son nom", dit-on.

Cependant, sans son appui, l'empire qu'elle a contribué à instaurer commence à s'effondrer : émeutes dans les villes, révoltes dans les campagnes, armées réunies dans les régions qui avaient été des pays, bandes de vagabonds qui profitent du désordre pour piller et violer. Même dans le village isolé où elle habite, à l'extrême nord, encerclé par les entrelacs d'un lac gelé, environné d'une forêt aussi dense et étendue qu'une mer, on commence à s'inquiéter.

Un soir, sa fille ne rentre pas. On l'attend, on la cherche, on découvre des traces de sabots et de bottes, le chien flaire une piste à travers la forêt, on déchiffre les signes d'une lutte, le père s'arme, la mère hurle… Jamais depuis sa naissance elle n'avait hurlé.

Ce n'est pas seulement une éclipse qu'elle déclenche. La nuit tombe littéralement. L'ombre pèse, écrase, pulvérise. Elle pénètre dans les êtres et les fige en statues de sel. La terre est une vallée de lave. Le ciel en cendres.

Claire hurle encore, elle ne cesse de hurler et le monde s'abolit dans l'obscurité, il perd forme et consistance. Dans le vide ne reste que sa fille tremblante. Le hurlement tourne et tourne autour d'elle, sans l'atteindre. Sa mère l'aperçoit, seul point de clarté, et la rejoint. Quand elle la serre dans ses bras, le monde émerge de l'obscurité et reprend son mouvement. Mais l'on garde dans les yeux la vision du néant, dans la bouche un goût de cendres. Le cœur met du temps à ranimer les membres. Pour la première fois, la fille entend sa mère parler : "Disparaissez", ordonne-t-elle en un souffle ; et les hommes qui l'ont enlevée sont retournés comme des gants, l'ombre intérieure les englobe et les engloutit. »

Crépuscule s'est absenté pendant le récit, il est allé éteindre le feu du jour et en garde une étincelle pour raviver celui de la grotte. Il secoue ses bottes sur le seuil, accroche son manteau, lance l'étincelle dans le foyer. La brusque flambée illumine son visage aux couleurs du couchant – cheveux de nuit, yeux de rayon vert, pommettes rougies par le froid. Quoi de plus beau que le crépuscule ? Même Zéphyr pâlit en comparaison. Aurore lui sourit, charmée. Mais ses fils ont l'air accablé. L'effet classique d'une histoire racontée par Borée. Il pose sa main sur l'épaule de son aîné. « Faisons une pause. Viens m'aider à découvrir la lune. Disperse les nuages qui la dissimulent. Il faut un peu de clarté dans cette nuit glacée. »

NNO

Notos joue aux cartes avec Euros. Aurore et Tempête illustrent les histoires des vents sur les parois de la grotte. Zéphyr déprime devant le feu. Il déteste, déteste, déteste l'hiver. Borée rentre avec Crépuscule. On voit à sa figure qu'il a bu. Mais a-t-on jamais vu Borée en état de sobriété ? Il n'est qu'à différents degrés d'ébriété ; et aux plus hauts degrés, d'obscur, porteur d'intempéries et de tempêtes, amateur de catastrophes, il devient clair, chassant les nuages, purifiant l'air, reculant l'horizon, aiguisant le soleil au tranchant de ses courants. Il prend Zéphyr dans ses bras : « Ah, petit, j'ai une histoire pour toi, une histoire d'amour ! » Son frère le rabroue avec un coup dans les côtes : « Lâche-moi. » Sans perdre contenance, Borée les appelle autour du feu :

« Venez, venez, j'en ai une bonne.

– Pas de grivoiserie, prévient Crépuscule, en montrant Tempête du coin de l'œil.

– Oh non, je serai sage. »

Il attend que tous soient installés.

« Là-bas, dans le Nord, un homme est amoureux d'une femme. Rien de plus commun, me direz-vous. Mais c'est une femme hors du commun. Elle est frileuse à un point que vous n'imaginez pas. Le froid la jette dans une peur panique, elle tremble à son approche, s'évanouit sous son emprise. Ses morsures lui paraissent mortelles.

On déconseille à l'homme de prendre une telle épouse. Elle est jolie, mais le pays ne manque pas de jolies filles. La vie est rude ici, on s'enlise la moitié de l'année dans l'obscurité et la neige, il faut se défendre contre les ours et les bandits, aller chercher de quoi se chauffer dans une forêt infestée par les fées et arracher sa subsistance à une terre austère. Que faire d'une femme de la sorte ? Et quels enfants donnera-t-elle ? Des petites filles délicates comme de la dentelle ? Des petits garçons qu'on plie comme une aiguille ? Elle aurait son prix dans d'autres pays, des pays de délices, pacifiques, au climat propice, où le soleil ne cesserait même la nuit de réchauffer ses veines. Ici, c'est une anomalie. Elle mérite notre charité, rien de plus. Dans le Nord, une femme doit avoir les épaules larges et un caractère de fer.

Mais l'homme insiste : "Je veux cette femme et aucune autre, je veux la plus fragile, je suis fort pour deux." Il l'épouse et la tient au chaud, chez lui, près du feu, blottie sous des couvertures pelucheuses, bien fournie en boissons réconfortantes. Tout le travail, il l'accomplit, dans la maison et au-dehors ; et le soir, il se repose à ses côtés. Elle lui raconte des histoires, tirées des rêves de la nuit ou des rêveries du jour. Aussi recluse et solitaire qu'elle soit, elle a toujours quelque chose à lui raconter, comme si elle voyageait en son absence dans des mondes intérieurs. Lui qui ne connaît que l'éternel hiver, interrompu par l'aveuglante brièveté de l'été, il voyage avec elle en imagination, et dans la réalité elle lui donne des nuits dont il n'avait jamais rêvé.

C'est tout ce qu'il voulait. Il est heureux.

Mais l'hiver est rude cette année-là. Le froid pénètre dans la maison. L'homme l'a calfeutrée de tout côté. Rien n'y fait. Il ajoute un poêle à la cheminée et va et vient entre la forêt et le foyer, afin d'alimenter ce double feu. Il se rend aux marchés des environs pour trouver les meilleures couvertures – en peaux, laines ou matières magiques – et il passe la nuit à réchauffer sa femme de ses caresses.

En son absence, elle se recroqueville sous les couvertures, terrifiée par ce monstre impalpable qui avance dans la maison. Dès qu'il mord une extrémité, elle le sent remonter jusqu'à son cœur. Entourée par son mari, elle tremble encore, craignant que le froid ne la prenne par surprise. Il peut l'apporter par mégarde, parmi ses cheveux, sous ses semelles ou dans ses poches. Même de lui, elle commence à avoir peur.

Épuisé, il finit par demander conseil à une sorcière. Il ne sait plus quoi faire. Et l'hiver ne fait que commencer. Elle lui dit :

"C'est très joli, une femme fragile, mais ça ne vit pas très longtemps. Tu dois lui apprendre à devenir forte.

– Je l'aime comme ça. Je ne veux pas qu'elle soit une femme comme les autres.

– Qu'a-t-elle de si précieux ?

– Elle me raconte des histoires comme je n'en ai jamais entendu. Elle me fait voyager.

– Je pense que tu peux te passer de ses histoires si sa vie est en jeu.

– Il y a autre chose.

– Et quoi donc ?"

L'homme rougit.

"Ce qu'on fait entre mari et femme…"

Elle l'interrompt :

"Je n'ai pas besoin d'en savoir plus. Écoute, il faut prendre le risque de la changer, ou l'un de vous mourra, elle de peur ou toi d'épuisement.

– Et si… Et si, devenue plus forte, elle me laissait pour un autre homme ?

– Tu es un homme courageux, n'est-ce pas ? Tu ne vas pas empêcher ta femme de quitter le foyer par crainte qu'elle n'y retourne pas… Rends-la plus forte et tu sauras si elle te choisit comme tu l'as choisie.

– Comment faire pour la rendre plus forte ?

– Tu dois lui apprendre à apprivoiser le froid."

L'homme revient chez lui et s'explique avec sa femme : "Le froid est terrible. Qui en doute, ici ? On l'a vu tuer, amputer, défigurer. On a vu la marque qu'il laisse sur le visage de ses victimes, quand on les retrouve au printemps à la fonte des glaces. Peut-être est-il notre pire ennemi, mais d'un ennemi si puissant, il vaut mieux se faire un allié. De même, du loup nous avons fait un chien. Nous avons affronté notre plus grande peur qui est devenue notre plus grande force. Je vais te montrer comment apprivoiser le froid, mais je ne peux pas le dresser pour toi, tu dois le faire toute seule, il doit devenir ta propre bête."

Cela commence tout doucement. Il pose un glaçon sur son nez, ses joues, le bord de son oreille. Il en met dans ses mains et la laisse jouer avec. Avec le temps, ça ne lui fait plus peur, ça la fait même rire, et puis ça l'ennuie. Il passe à la prochaine étape : glisser un glaçon sous sa robe, par le col, le long de son dos, ou le poser sur son ventre, descendre en spirale jusqu'au nombril et l'y laisser fondre. Elle hurle et se débat, puis rit de nouveau et se lasse de ce jeu comme du précédent. Il l'invite alors à marcher pieds nus dans la neige et lui montre qu'elle ne les perd pas, qu'au retour ils sont bien là, s'animant sous ses mains chaudes à lui. Enfin, un soir de pleine lune, ils se roulent tout nus dans la neige, avant de rentrer vite se sécher et se réchauffer sous la couette, l'un contre l'autre.

Maintenant, sa femme aime le froid. Elle en souffre encore, mais elle aime comme il lui saute au visage, la réveille de ses assauts, la pousse au-dehors. Il la contraint à aller et venir, faire et agir. Il la suit comme un chien fidèle, qui la protège de sa propre faiblesse, la paresse, et la devance vers la blancheur de neige de l'avenir, l'obligeant à s'y aventurer. A-t-elle perdu ses qualités ? Ses histoires plaisent plus que jamais. Elle les raconte non seulement à son mari, mais au village réuni. Les femmes les répètent à leurs enfants, les hommes de passage les rapportent à d'autres villages. Pour le reste, on ne sait pas, mais le mari a l'air épanoui et la femme a le ventre gros sous son manteau. Jusqu'ici, elle ne l'a pas quitté. »

NO

Dans la nuit d'hiver, Borée plonge son visage dans ses mains pleines de neige. Il s'ébroue et se retourne à un bruit : l'écureuil, rousseur ébouriffée, grimpe à l'arbre décharné. Il revient dans la grotte, dégrisé, la barbe et les cheveux gelés, et choisit de s'asseoir près d'Euros.

« Pour ma dernière histoire, je vais faire comme toi, je vais raconter quelque chose qui m'est arrivé.

– C'est la paresse qui parle, sourit Euros. Tu dois être fatigué.

– Non, non, c'est un écureuil dehors qui m'y a fait penser. Vous vous rappelez qu'à l'adolescence, père nous confiait à Jour, notre grand-père. Je suis l'aîné, j'y suis allé le premier. C'était là-bas, au Nord, à l'époque de la grande lumière. Jour m'apprenait à discipliner ma force. Il me disait : "Si tu ne peux pas choisir quand t'en servir, dans quelle mesure et de quelle façon, c'est que tu ne possèdes pas ta force, elle te possède pour arriver à ses fins et la force n'a qu'une fin : la destruction."

Sa discipline était implacable : planches, pompes et pliés, courses, sauts et lancers, plongeons, brasses et crawlés. J'apprenais la lutte avec lui, contre lui, et pour la première fois je perdais à chaque fois, sauf quand pour m'encourager, voyant que je me battais bien, il me laissait gagner. Je me renforçais, mais surtout je devenais plus calme, mesuré, réfléchi. Ses exercices ne concernaient que le corps, pourtant, par leur intermédiaire, je devenais plus intelligent, plus conscient tant ils exigeaient de précision et de concentration.

Je m'entraînais lorsqu'Euros a roulé entre mes jambes. C'était encore un gosse, il ne savait pas comment s'arrêter et avait traversé la frontière nord-est sans même s'en rendre compte. Je l'ai posé sur mon dos et j'ai fait mes pompes. Puis, je l'ai posé sur mes épaules et je suis allé courir loin, loin au Nord, jusqu'aux banquises bleues qu'il n'avait jamais vues. Ah, Euros, tu n'étais pas encore désabusé comme aujourd'hui, tu t'émerveillais de tout ce que tu découvrais, et tu m'admirais. Je ne sais pas si tu te rappelles. Jour a approuvé notre équipée : "Ça te fait un poids en plus, une responsabilité, ça te fera grandir plus vite."

Mais tu étais aussi un sacré emmerdeur. Tu avais toujours faim, et rien ne te rassasiait plus d'une heure. Et quand tu n'avais pas faim, tu avais soif, et quand tu n'avais pas soif, tu voulais aller pisser. Les exercices étaient trop répétitifs pour toi, tu t'ennuyais, il te fallait toujours du nouveau, et l'ennui se changeait en colère, tu devenais une boule, un tourbillon de rage et j'avais beau t'envoyer balader, tu revenais aussitôt m'exploser à la figure.

Un jour, je te tenais sur mes épaules en courant et tu te plaignais d'avoir déjà vu ce paysage et que je courais toujours au même rythme. J'ai pris la direction du Grand Arbre, qui relie la terre au ciel, je me suis appuyé contre le tronc pour reprendre ma respiration et je t'ai dit : "Monte, petit frère." Tu t'es accroché aux branches basses et je t'ai encouragé :

plus haut, plus haut, le plus haut possible, et quand tu étais si haut que je ne t'entendais plus, je suis parti.

"Qu'as-tu fait de ton frère ?" m'a demandé Jour à mon retour. J'ai haussé les épaules :

"Il s'ennuyait, je l'ai laissé grimper aux arbres.

– Quel arbre ?

– Je ne sais pas, il y a plein d'arbres, je ne tiens pas un registre."

Il m'a pris par les pieds et renversé la tête en bas :

"Crois-tu que tes faits et gestes puissent échapper à mon regard ? Je suis le Jour, espèce d'idiot. Je vois tout ce qui a lieu sur la surface de la planète que le soleil éclaire." Il me secoua comme pour me vider de toute mon idiotie, puis me jeta au sol. "Va chercher ton frère."

Je suis revenu en arrière. Je t'ai cherché dans l'arbre immense, j'ai soufflé si longtemps qu'il a perdu toutes ses feuilles et je t'ai vu, tout là-haut, sur la branche la plus mince qui pouvait encore te porter. Tu pleurais.

– Non, je ne pleurais pas, interrompt Euros.

– Si, tu pleurais. Cela m'a secoué plus que grand-père. Je me suis roué de coups et je suis monté te chercher. Tu m'as regardé avec défiance :

"Tu voulais m'abandonner ?

– Non.

– Si.

– Non.

– Si.

– Bon, tu viens ?"

Tu as vite oublié, tu riais déjà sur le chemin du retour quand je me précipitais du haut des montagnes pour te donner le vertige, et à la fin du trajet, tandis que la nuit venait, tu t'es endormi. J'ai senti ta tête tomber sur la mienne et je t'ai pris dans mes bras.

Jour m'a annoncé : "Tu es prêt, tu peux rentrer chez tes parents et leur ramener ton petit frère.

– Prêt ? Je ne pense pas, tu as vu comment je me suis comporté aujourd'hui ?

– Aujourd'hui, c'était ta dernière leçon, j'espère que tu l'as comprise. Tu as appris à maîtriser ta force, à te servir d'elle au lieu d'être à son service. Maintenant, tu sais aussi à quoi sert la force : à protéger la fragilité. Vois-tu, les choses les plus précieuses en ce monde sont aussi les plus fragiles : la vie, l'esprit, la clarté, la beauté, un rien peut les briser. Ta force ne partage leur grâce que si elle les protège. Son sens, ce n'est pas la dépense ni la domination, mais la préservation de ce qui nous consacre."

Et il caressa le front d'Euros endormi. »

Après le silence de circonstance, Notos remarque : « Je pensais que nous avions tous suivi le même entraînement chez grand-père.

– Vous n'avez pas appris à maîtriser votre force ?

– Non, j'ai appris à dialoguer avec ma mélancolie, l'asseoir à ma table, écouter son message, au lieu de me reclure en la laissant hurler aux fenêtres.

– Et toi, Zéphyr ?

– Il m'a appris à m'endurcir.

– T'endurcir ? Mais tu es tendre comme une pêche.

– Je le serais encore plus sans lui.

– Et toi, Euros ?

– Oh, moi, je n'ai rien appris. »

Les larmes luisent dans ses yeux.

« Et que voulait-il t'apprendre ?

– La constance. Affaire perdue d'avance. »

Le feu décidera du vainqueur. Les flammes prendront la forme de son visage. Elles font tournoyer les quatre faces du vent comme une pièce en toupie sur sa tranche, vite, de plus en plus vite, avant de ralentir et tomber : Zéphyr. Il bondit de sa chaise, lançant un oui de joie, et toutes les fleurs éclosent sur sa veste de soie. Borée, appuyé au foyer, sourit à son sourire, sans amertume. Il a l'habitude de gagner, mais il sait aussi perdre. Notos voudrait faire aussi bonne figure, il n'y arrive pas. Il fait toujours du mieux qu'il peut et ce n'est jamais assez. Euros était le seul à ne pas fixer les flammes, il fouillait dans ses poches et il a sursauté au cri de son frère. « Ah, tu as gagné ? Bravo. Dites, vous avez vu Tempête ? Je ne la trouve pas. »

Aurore se lève aussitôt, elle cherche près de l'évier, sous la vaisselle propre et rangée, puis parmi les pots, les pinceaux, les craies et les soufflets, tout ce qu'elles ont utilisé pour peindre pendant l'après-midi. Connaissant l'amour de Tempête pour tout ce qui brille et pétille, elle fouille son coffret à bijoux et la boîte à bonbons. Rien.

Crépuscule allume une lanterne et descend dans les profondeurs de la terre. Il y fait de plus en plus sombre et de plus en plus froid. Ne résonne que le bruissement des ruisseaux. Quand il les éclaire, il voit leur transparence creuser la pierre blanche et découvre peu à peu la vaste cathédrale que l'eau sculpte à l'intérieur de la falaise.

Les quatre vents se jettent au-dehors, chacun dans la direction qu'il maîtrise. Borée rougit les joues, racle les gorges, écorche les oreilles, il presse le cœur des hommes, mais personne n'a vu la petite Tempête. Il va là-haut, tout là-haut, sur les plus hautes montagnes, espérant voir, de si près du ciel, toute la terre, ou que la neige dans sa clarté lui donne l'idée d'où regarder.

Euros agite les âmes, délie les langues, il secoue les passants comme des pommiers, me direz-vous la vérité, jusqu'à les rendre un peu timbrés. Il siffle aux oreilles des méditants, trouble le thé des femmes, emporte les draps, renverse les échelles, disperse les troupeaux. Soudain, il se calme et s'assoit dans la plaine. Autour de lui grandit le tourbillon de sa détresse, il en est le centre silencieux.

Zéphyr s'intéresse aux enfants, à leur monde dont les adultes ne savent que peu de choses. Il cingle leurs drapeaux de fortune, s'enroule aux rayons de leurs vélos, précipite leur course jusque dans leur cabane, parcourt leurs cartes et leurs carnets, boucle leurs cheveux, emporte leur voix, surprend un premier amour. De rage de ne pas trouver Tempête, il fracasse les fruits et le printemps prend une odeur de pourri.

Notos interroge les rêves, il fait vibrer les fenêtres, tinter les verres, dévier les fontaines. Il visite les églises ouvertes à tous les égarés, vole de clocher en clocher, traverse un désert et deux mers. Il suit la migration des oiseaux, dérobe leurs messages, s'arrête aux tavernes, écoute les voyageurs. Rien. La chouette aime ce vent du songe, sa patience, sa discrétion. Elle lui demande :

« Que cherches-tu, vent du sud ?

– Ma petite sœur.

– Je croyais que vous étiez quatre frères.

– Maintenant, on a une petite sœur. Petite comme une humaine.

– Et vous l'avez perdue ?

– Nous étions tous réunis à la maison quand elle a disparu.

– Il y a des souris dans votre maison ? »

Notos sourit.

« Merci, la chouette. Tu es… vraiment chouette. »

Aurore attend ses fils sur le seuil, en se tordant les mains. Crépuscule remonte des souterrains, couvert de cristaux et de brume. Ils entendent Notos rappeler ses frères, ils espèrent en les voyant revenir, mais Tempête n'est pas avec eux.

« Les souris, ce sont les souris qui l'ont prise, annonce Notos.

– Évidemment ! Comme n'y ai-je pas pensé plus tôt ? répond son père. Les garçons, à vous de jouer. Votre mère et moi ne pouvons pas changer de taille et nous faufiler dans les failles. »

Les quatre vents qui s'étaient gonflés pour parcourir le monde s'affinent à présent pour s'infiltrer dans leur maison. Ils s'engouffrent dans le réseau des galeries et trouvent vite le repaire des souris. Tempête est ligotée dans un coin. Borée retrousse ses manches, impatient d'écraser ces parasites et bien content du bain de sang. Zéphyr s'arme lui aussi de tout ce qu'il a pu récupérer dans ses courses de piquant et de tranchant. Pour une fois, les deux frères sont dans le même camp.

Mais Euros s'interpose : « Aussi puissants que nous soyons, je ne pense pas qu'il soit sage de se mettre les souris à dos. » Notos confirme : « Il y en a dans le monde entier et elles transmettent toutes sortes de maladies. Entre elles et nous, la guerre sera longue et sans issue. » Borée les regarde de haut : « Il faut qu'on se fasse respecter. Vous avez peur d'une bande de souris ? » Euros de répliquer : « On peut se faire respecter sans massacrer personne. Tout le bon air de la montagne ne te sauvera pas d'un virus pulmonaire. » Notos propose d'intercéder.

« Amies souris, vous avez là une belle prise. »

Les souris, comme tous les animaux, aiment Notos.

« On peut la partager avec toi, si tu veux. On voulait faire des flûtes avec ses os.

– Je vous remercie, c'est très gentil. Mais il y a un souci. Il s'agit de ma petite sœur.

– Elle, ta petite sœur ? »

Le chef des souris palpe Tempête.

« Mais non, c'est une humaine.

– Je sais, c'est une petite sœur de cœur. Pourriez-vous nous la rendre ? »

Les souris remarquent alors ses frères derrière lui. Borée prêt à cogner. Zéphyr hérissé de faux et de fourches. Elles discutent.

« Nous vous la rendrons si vous nous racontez une histoire.

– Encore ! Je n'en peux plus des histoires », soupire Borée, qui aurait préféré une bonne baston. Zéphyr, lui, est intéressé, déjà il baisse ses armes.

« De toutes petites histoires, précise une souris. Nous, les souris, nous avons une capacité d'attention réduite. Pas plus de deux ou trois phrases.

– C'est impossible de raconter une histoire en trois phrases ! s'indigne Zéphyr. Vous nous ferez dire n'importe quoi. »

Une autre souris explique : « On essaye d'écouter vos histoires quand vous vous retrouvez en famille, mais on ne va jamais au-delà des premières phrases. On a trop à faire et à penser, il faut être plus rapide.

– Belle manière de dire que vous êtes bêtes, commente Borée.

– Je trouve l'exercice intéressant, nuance Euros.

– Dès qu'il s'agit de raconter n'importe comment, tu es partant, réplique Zéphyr.

– Nous acceptons », conclut Notos.

Borée regarde vers le nord et ferme les yeux : « Là-bas, un seau de sang renversé dans la neige. La parturiente est si blanche qu'on pense qu'elle mourra. Le nouveau-né, tout rouge, s'agrippe à elle. »

Euros regarde vers l'est et ferme les yeux : « Là-bas, on fait la guerre. Un homme écrit dans son carnet : mes camarades et moi sommes comme des feuilles d'automne, attachées au même arbre, tombant l'une après l'autre. »

Notos regarde vers le sud et ferme les yeux : « Là-bas, un garçon a du pain sans sel et une fille du sel sans pain. Ils se mettent d'accord pour partager. Entre eux, le soleil fait briller la fontaine. »

Zéphyr regarde vers l'ouest et ferme les yeux : « Là-bas, personne ne vient plus au cimetière. Les tombes sont envahies par les fougères. Il y a une limace sur un nom de marbre. »

À chaque histoire, les souris défont quelques-uns des nœuds minuscules qui maintiennent Tempête immobile et que les vents, avec leurs grosses mains, n'auraient pu que resserrer. Elles regrettent d'abandonner une si belle prise, mais les histoires qu'elles reçoivent, elles pourront se les raconter encore et encore ; c'est une manne inépuisable.

Tempête, à peine affranchie, s'échappe dans les galeries. Elle va si vite et si petite, par des chemins si insensés que les vents n'arrivent pas à la rattraper. Ils écoutent le tapotement de ses pas dans la roche, plus haut, plus bas, jamais là. Ils la manquent à chaque fois, jusqu'à ce qu'éclate le rire d'Aurore. Tempête aura trouvé la grotte. Ils arrivent à leur tour et la voient qui fuse vers le plafond, rebondit contre les parois, retombe au sol, tournoie dans tous les sens.

Aurore l'attrape au vol et lui propose un bonbon. Occupée à choisir, l'enfant se calme.

« Il est temps de se séparer, annonce Borée.

– Encore une histoire ! » réclame Tempête.

Borée refuse : « J'ai l'impression qu'on se raconte des histoires depuis une année entière. Pourtant, cela ne fait qu'une journée.

– J'ai épuisé mon compte, abonde Notos, on doit rentrer et travailler.

– Les vents travaillent ? demande Tempête.

– Bien sûr. On fait respirer la mer et voler les oiseaux.

– On disperse le pollen et les graines.

– On façonne le paysage.

– On insuffle le feu.

– On propage les légendes.

– On répand les idées.

– Et on garde parole.

– On fait tourner le monde.

– Que ferait-on sans nous ? »

Tempête n'a pas le temps de répondre. Déjà, ils sont partis.

Appendice

En Italie, parler du temps revient à parler du vent. Habitant le sud-ouest de la Sardaigne, ma belle-mère se plaint du *Scirocco* ou du *Libeccio*, les vents étouffants du désert, qui appesantissent la chaleur déjà insoutenable de l'été, tandis qu'elle se réjouit de la fougue et de la fraîcheur du *Maestrale*, comme les anciens marins qui attendaient ce vent de l'Atlantique pour prendre la route de l'Orient. À Trieste, c'est la *Bora* qui est sur toutes les lèvres, elle qui récure le ciel, au crin de son gel, le faisant resplendir d'un bleu aussi tranchant que son nom : *azzurro*.

La rose des vents a été inventée en Méditerranée, mais la Méditerranée comprend plus d'une mer : l'Adriatique entre l'Italie et les Balkans, la Tyrrhénienne entre l'Italie et ses îles, plus à l'ouest les mers de Corse, de Sardaigne, des Baléares, entre le Maroc et l'Espagne, la mer d'Alboran, et si l'on revient vers l'est, les mers d'Ionie, d'Égée et de Marmara, le bassin Levantin. La rose des vents doit être placée dans la plus grande d'entre elles, celle d'Ionie, pour comprendre la désignation des vents.

Au nord la *Tramontana* (ou *Borea*) descendant des montagnes qui enserrent une mer recluse, au nord-est le *Grecale* soufflant depuis la Grèce continentale, à l'est le *Levante* où se lève le soleil, au sud-est le *Scirocco*, au sud l'*Austro* (ou encore *Ostro*, *Mezzogiorno*, *Noto*) et au sud-ouest le *Libeccio* (ou

Garbino), tous venus d'Afrique, apportant tempêtes et torpeur, pluies et sables, à l'ouest le *Ponente*, où se couche le soleil, au nord-ouest le *Maestrale*, venu de l'océan, avec maîtrise et majesté. Huit vents, qui divisés par deux pour plus de précision deviennent seize, qui encore divisés par deux pour toujours plus de précision deviennent trente-deux, les trente-deux subdivisions de la rose actuelle.

Parmi ces vents secondaires se trouve la *Bora*. Elle se situe entre le *Grecale* et le *Levante* (orientation est-nord-est, ou ENE). Prenant de la vitesse dans les plaines d'Europe centrale, canalisée et accélérée par les gorges des Alpes, elle se précipite dans la mer à peine affranchie des montagnes, de toute sa force et de tous les côtés, par tourbillons imprévisibles, brillante et glacée.

La première rose des vents apparaît sur un atlas catalan (1375), elle se répand à la Renaissance dans sa version italienne. Le fer de lance qui désigne le nord devient une fleur de lys. L'est est illustré par une croix, en référence au Christ, en direction de Bethléem. En y superposant l'aiguille magnétique inventée par la Chine, nous trouvons la boussole que nous connaissons. À l'axe est-ouest qui structurait le monde des Anciens se substitue ainsi celui nord-sud qui structure le nôtre. Ce n'est plus l'est, d'où viennent le soleil, la lune et les étoiles, qui détermine notre orientation, mais le nord avec les sept étoiles (septentrion) de la Grande Ourse et l'aimantation de son pôle. L'Italie, par la position transversale de sa péninsule, s'organise autour d'un axe légèrement déplacé : du nord-ouest au sud-est, entre *Maestrale* et *Scirocco*.

Anemos, anima, psyché : le vent est souffle, air, vie. Il vient de la rotation de la Terre sur elle-même et autour du soleil, de la différence de pression entre pôles et équateur. Il fait respirer les lacs et les mers, soutient la migration des oiseaux et des insectes, participe à la dispersion du pollen et des graines, transforme la rivière en nuage et le nuage en rivière, façonne les roches et les arbres, gonfle les feux ou les essouffle. Nature la plus brute et élémentaire, que nous partageons avec les autres planètes, aussi différents que soient nos climats. Les plus terribles rafales font rage sur Neptune et Saturne.

Le vent embrasse le monde et par le vent nous embrassons le monde. Il nous apporte tous les pays, leur odeur, leur saveur, leur couleur. Il est le premier messager, incapable de dissimuler, la figure primitive de l'ange, dont les révélations nous font violence, l'inconnu que le destin place sur notre chemin, celui qui brise notre tranquillité et nous oblige à l'aventure. Rien d'aimable dans son apparence et pourtant on apprend à l'aimer. Très vite, on ne sait plus que le suivre.

Il tourne en Méditerranée au point de se résumer dans la corolle d'une rose. Mer cyclique, mer des saisons, où les mois ont plus de sens et d'importance que les années, où aujourd'hui est encore et toujours le temps du mythe.

Trieste, 2023

Merci à Jérôme Decoux,
qui me rappelle chaque mois le charme et la
nécessité des contes
et qui a su relire ceux-ci avec toute la légèreté et la
rigueur nécessaires.

Table des histoires

Du même auteur

Je serai ta cage et ta forêt, 2016
Trésors et Trouvailles, 2019
Contre la mort, 2020
Calendrier des couleurs, 2022

Le site *Nervures et Entailles*
www.josephinelanesem.com